사신공주의 재혼 3

배고픈 광대와 장난감 병정

오노가미 메이야
(小野上明夜)

앨리스노블

번역 이진주 **표지** 조은아 **편집** 김은솔 **디지털** 김효준 **마케팅** 김정훈

차례

트레이스
카슈반의 소꿉친구
겸 집사

루아크
장난기 가득한,뒷세계
에서 유명한 소년

알리시아 페이트린
어느 사건을 계기로 <사신
공주>라고 불리게 된, <지
방백>의 칭호를 가진 격식
높은 몰락귀족의 외동딸

등 장 인 물 소 개

티르나드 레이덴
명문가 레이덴의 당주

카슈반 라이센
<아즈베르그의 폭군>으로
이름 높은 벼락출세한 귀
족. 국왕에게 특별히 허락
받은 강공작이라는 칭호
를 지녔다

노라 텔페스
라이센가에 고용된 하녀

Illustration
키시다 메루

서장

저 멀리, 커다란 화톳불 주변에 모인 소년, 소녀들이 술렁거리는 소리가 희미하게 들려왔다.

어떤 커다란 일 하나를 끝마친 후였다. 소년, 소녀들은 오랜 시간에 걸쳐 받은 훈련과 어두운 임무 때문에 평상시에는 큰 소리를 내는 일이 거의 없었다. 그런 만큼 지금 들려오는 그들의 목소리에는 특유의 열기가 담겨 있었다.

차가운 밤바람을 수놓으며 전달된 목소리를 등 뒤로 들으며, 가벼운 차림새를 한 은발의 소년이 걷고 있었다.

주변은 잡초조차 거의 없는 바위투성이 황야였다. 그러나 언뜻 보기에 호리호리한 소년의 발걸음은 포석이 깔린 길을 걷는 것처럼 안정돼 있었고, 망설이는 기색도 없었다.

고양감 때문일까, 동료들은 나이에 걸맞게 들떠서 떠들고 있었다. 그 광경을 곁눈으로 바라보며 소년은 계속 나아갔다. 그가 향한 곳은 이 소란스러움에서 떨어져 있는 작은 천막이었다. 소년은 익숙한 동작으로 안으로 들어가 천막 안쪽에서 모포를 둘둘 감은 사람 그림자에게 말을 걸었다.

"형. 밥이야."

자신을 부르는 소리에 입구를 등지고 누웠던 소년이 천막 안으로 들어온 소년 쪽을 돌아보았다.

"……루아크. 너, 이번에도 공을 많이 세웠잖아. 왜 이런 곳에 왔는데."

동생과 똑같은 은색의 머리카락에 녹색 눈동자를 가진 소년의 목소리와 시선에는 음습한 적의가 담겨 있었다.

그것을 알아차리지 못한 척하면서 루아크는 형의 옆에 쪼그려 앉았다.

"왜라니, 사이드 형한테 밥 갖다 주러 왔다니까."

루아크는 익살을 떨듯이 밝게 말하고는 흙을 빚어 구운 조악한 접시에 담은 메밀죽을 내밀었다. 여느 때와 다름없이 행동하는 동생을 바라보던 형의 손이 갑자기 움직였다.

미리 손에 쥐고 있었던 것 같은 작은 돌이 몇 개, 루아크의 얼굴을 향해 날아왔다.

그러나 루아크는 그저 가볍게 몸을 오른쪽으로 기울였을 뿐, 놀라지도 당황하지도 않았다. 또 손에 든 죽 접시를 뒤집지도 않았다.

"이번엔 제대로 된 죽이야. 요전번처럼 뜨겁지 않을 테니까, 자 먹어봐."

아무 일도 없었다는 얼굴을 하고 죽이 든 접시를 내미는 루아크의 등 뒤에서 천막에 맞은 돌이 바닥에 떨어졌다.

메마르고 공허한 소리를 들은 사이드의 얼굴은 차츰 경련을 일으켰다.

"자, 형."

동생의 재촉에 사이드는 일단 죽이 담긴 접시를 받아 들었다.

그리고 다음 순간, 접시째 담긴 음식물을 동생을 향해 집어 던졌다.

접시에 제대로 얻어맞은 옷과 머리카락에 묽은 죽이 튀었다. 물에 불은 건더기가 눈에 들어간 듯 루아크는 한 손으로 얼굴을 덮었다. 그런 루아크를 노려보며 사이드가 내뱉듯이 말했다.

"이번에는 마침내 라그라드르인을 잔뜩 해치웠다면서! 대단하잖아! 정말로 우리가 녀석들을 넘어설 날이 가까워졌어."

짜증스럽게 중얼거린 사이드는 아직 상반신만 일으킨 모습이었다.

자신의 힘으로는 영원히 일어설 수 없는 형의 목소리를 루아크는 잠자코 듣고 있었다.

"나 같은 쓸모없는 짐은 다 잘라버리고 너 같이 우수한 녀석만을 선발했기 때문이겠지! 분명히!"

"……사이드 형은 운이 나빴을 뿐이야."

작은 목소리로 동생이 반론하자 형은 얼굴에 또다시 경련을 일으켰다.

"지금 것도 너라면 피할 수 있었잖아! 분명히 피할 수 있었다고!"

죽 범벅이 된 동생을 손가락질하며 사이드는 외쳤다. 새된 그 목소리에는 듣는 이의 신경을 거슬리게 하는 울림이 담겨 있었다.

"바보 취급하고 있어……. 늘늘늘 날 바보 취급한다고."

몸을 덮은 모포 안에서 사이드는 그물에 걸린 생선처럼 계속 버둥거렸다.

루아크는 몇 번이나 반복되었던 이 광경을 잠자코 보고 있었다.

이윽고 체력도 바닥났는지 사이드는 색색 숨을 올리면서 얌전해졌다.

형의 모습을 바라보며 동생은 조용히 자리에서 일어서면서 이렇게 말했다.

"거기, 나중에 치워줄게. 안쪽에 깨끗한 데서 자, 형. 죽 다시 얻어올 테니까 기다려."

아무 말도 하지 않은 형은 동생 쪽은 보지도 않고 모포를 둘둘 말고는 굳게 눈을 감았다.

루아크는 눈에 익은 광경의 마지막 한 장면을 확인하고, 빈 접시를 손에 들고 천막 밖으로 나왔다.

루아크는 젖어서 얼굴에 달라붙은 은색 머리카락을 손으로 쓸어 올리고, 자신이 걸어왔던 황야를 다시 걷기 시작했다. 멀리서 들려오던 즐거운 듯한 목소리는 아직도 계속되고 있었다.

"잘해도, 못해도, 안 되는구나……."

몇 년 후. 사신이라는 별명을 갖게 되는 소년에게, 여느 때 밤에 일어났던 일이었다.

[제1장] 라이센 돌 저택에서

　실딘 왕국의 북쪽 변경, 아즈베르그 지방.

　이 지방의 한층 북쪽, 울창한 검은 숲 안쪽 깊숙한 곳에 영주 카슈반 라이센의 저택이 있다.

　위압감이 떠도는 거대한 저택은 처마와 기둥 여기저기에 날개를 가진 괴물상이 붙어서 기분 나쁜 모습을 하고 있었다. 그것을 보고 사람들이 실딘 왕국의 국교이며, 날개를 가진 모든 것을 성스러운 존재로 추앙하는 '날개의 기도' 교단을 바보 취급한다고 받아들여도 할 말이 없으리라.

　덧붙여 저택의 뒤편에는 '하르바스트의 장미 저택'이라는 별명의 유래이기도 한 불길한 기운을 풍기는 황폐한 화원이 남몰래 서 있었다.

　그러나 최근 사람들 사이에는 영주의 저택에 새로이 붙은 다른 별명이 퍼져나가고 있었다.

　"라이센 돌 저택."

　처음 듣는 단어에 안경 안쪽 눈동자를 빛내며 기뻐하는 황갈색 머리카락을 지닌 소녀는 이 저택 안주인인 알리시아였다.

　작은 몸집에 마른 체구. 특히 가슴의 볼륨이 참으로 빈약해서 열다섯 살이라는 실제 나이보다도 훨씬 더 어리게 보는 경우도 적지 않았다.

덧붙여 시집을 온 지금도 본가에서 가져온 오래된 드레스를 입어서 '공작 부인'이라는 분위기는 전혀 느껴지지 않았다. 그러나 겉모습은 어쨌든 알리시아는 명문가 페이트린 출신이다.

덤으로 첫 남편을 살해하고 소박맞았다는 소문 때문에 '사신 공주'라는 무시무시한 별명까지 붙어 있다.

"어머, 레이덴 백작님. 그게 무슨 말이죠?"

손님이 왔다는 전갈을 듣고 저택 1층 홀에 도착한 직후 손님이 솔깃한 이야기를 제공했다.

어릴 때부터 공포 소설만을 읽어온 알리시아는 그런 종류 이야기엔 사족을 못 썼다. 손님에게 귀가 솔깃해지는 이야기를 들은 알리시아는 매우 기뻐 보였다.

그런데 정작 그 이야기를 한 당사자는 기쁘지 않은 모양이었다.

"이곳으로 오는 도중에 농민들이 그런 이야기를 하는 걸 들었습니다. ……저도 사실 이곳에 와보고는 수긍을 했지만요."

힐끗 창밖으로 시선을 던지며 단어를 신중하게 고르는, 다소 예쁘장하게 생긴 젊은이는 티르나드 레이덴 백작이다.

1년 내내 추위에 시달려 대단한 수확을 기대할 수 없는 아즈베르그와는 달리, 비옥한 대지의 은혜를 받은 레이덴 지방의 영주다.

그렇다고는 해도 티르나드는 아직 실딘에서 성년으로 인정하는 18세가 되지 못했다. 그래서 레이덴 지방에 관한 실제 권한은 후견인인 카슈반이 쥐고 있었다.

"알리시아 님. 저도 수호석에 관해서는 들어 알고 있습니다. 받은 상대를 지켜준다고 하던가요……. 잘 알겠습니다만, 그, 조금 너무 큰 돌을 고르신 게 아닐까요……."

창문을 통해 내다보이는 살풍경한 정원에는 한낮의 햇빛에 환하게 빛나는 검은 거석이 다섯 개가 늘어서 있었다. 검은 돌은 하나하나가 성인 남자와 비슷한 크기였다.

그런 커다란 돌이 아무렇게나 늘어서 있는 모습은 꽤 기분이 나빴다.

아즈베르그 지방에 전승되는 수호석은 이 땅에서 쉽게 발견되는 검은 돌에 광석 파편이 포함되어 있다.

본래는 다양한 색채를 포함한 그 돌 중에서 상대에게 걸맞다고 판단한 것을 주고, 부적으로 몸에 지니는 게 원칙이었다.

키가 크고, 기본적으로 새카맣게 보이는 카슈반이다. 정원에 늘어선 거석과 닮았다고 한다면 그럴지도 몰랐다. 하지만 이래서야 저택에 붙은 별명이 바뀌는 것도 이상하지 않은 상황이다.

"분명히 수호석이 좀 많은지도 모르겠네요. 그렇지만 저도 노라도 루아크도 카슈반 님을 지켜드릴 물건이라고 생각해서 열심히 골랐답니다. 그것이, 카슈반 님은 이따금 다른 사람 저택에 불을 지르거나 하시기 때문에 평판이 좀 안 좋으시거든요."

'아즈베르그의 폭군'으로 이름 높은 카슈반의 평판에 관해서 그 아내가 천진난만한 어조로 말했다.

"아, 예에…… 그렇더군요……. 아니, 그래도 녀석도 말처럼 그렇게 나쁜 사람은 아닙니다……. 뭐 불을 붙인 짓이 잘했다는 말은 아니지만, 여러모로 고생도 하는 것 같고요."

처음 만났을 때와는 비교가 안 될 정도로 티르나드는 카슈반을 이해하는 모습을 보였다.

그러나 티르나드의 말을 알리시아는 가볍게 흘려듣고는 좋은 생각이 떠올랐다는 표정을 지었다.

"그래요, 레이덴 백작님. 만약 괜찮으시다면 백작님께도 하나 드릴까요? 이전부터 몇 번이나 위험한 일이 생겨서 고생하셨잖아요."

"아, 아뇨. 그. 말씀은 대단히 감사합니다만, 그……."

횡설수설하며 거절할 말을 찾는 티르나드 곁에서 긴 검은 머리를 하나로 묶은, 안경을 쓴 젊은이가 입을 열었다.

"알리시아 님. 죄송하지만 그 말씀은 거절하겠습니다. 레이덴 지방으로 가려면 산을 넘어야 합니다. 저 정도 크기인 거석을 들고 돌아가다가 오히려 위험한 일이 생길 수 있습니다."

단칼에 그렇게 잘라 말한 사람은 티르나드의 집사와 가정교사를 겸하는 세이그람 알레이였다. 우여곡절 끝에 티르나드를 자신의 주인으로 삼은 그는 누구에게나 거침없이 말하곤 했다.

"이봐. 그런 말투는 삼가라, 세이그람. 알리시아 님이 보여주신 호의에 실례잖나."

"필요 없는 물건을 필요 없다고 말씀드렸을 뿐입니다. 게다가 티르나드 님께는 제가 붙어 있습니다. 수호석보다 훨씬 도움이 되겠지요."

세이그람은 안경을 가볍게 밀어 올리며 또다시 딱 잘라 단언했다. 티르나드도 더는 따지고 들 수 없었다. 치사하다고 입안에서 중얼거리며 침묵해버렸다.

한편 세이그람에게 신랄한 말을 들었어도 알리시아는 느긋하게 이렇게 중얼거릴 뿐이었다.

"그러네요. 카슈반 님에게는 루아크도, 트레이스도 있고 또 저와 노라도 있죠. 그럼 얼마 전에 발견한 돌은 이제 필요 없겠네요."

"……또 늘릴 생각이셨습니까."

슬슬 거석으로 메워질 것 같은 정원을 보고 티르나드는 저도 모르게 본심을 입 밖으로 흘리고 말았다.

그때였다.

"정원을 거석으로 메워서라도 남편을 지키려는 노력을 태만히 하지 않는다. 남녀 관계의 종착지인 부부가 된 후에도 관계를 유지하려면 잠시도 방심해서는 안 된다는 뜻이군요. 참고하겠습니다."

이 저택에서는 낯선, 담담한 목소리가 울렸다.

"……이봐. 너도 좀 그만해라."

티르나드가 한 걸음 뒤로 물러서는 기색으로 중얼거리는 말을 들으며 알리시아도 목소리의 주인에게로 시선을 옮겼다.

새하얀 피부. 은색, 이라기보다는 백발에 가까운 짧은 머리카락. 옅은 갈색인 커다란 눈동자.

전체적으로 색채가 흐릿하기 때문인지 빛의 세기와 각도에 따라 눈동자가 붉은색으로도 보인다. 무장을 최소한만 갖춘 소년병의 모습이었다.

그러나 입에서 나온 목소리는 소녀의 것이었다.

다만, 가슴은 알리시아보다도 한층 더 기복이 없어 거의 평탄에 가까운 상태였다.

얼굴 생김새도 나쁘지는 않았다. 하지만 어조만이 아니라 표정까지도 담담하기 때문인지 기분 나쁘다는 인상이 강했다.

"어머, 죄송해요. 라이센 저택에 오신 걸 환영합니다. 레이덴 백작님, 이분은 누구시죠?"

"인사가 늦었습니다. 저는 레네라고 합니다."

간결하게 이름을 댄 소녀는 티르나드와 세이그람과 함께 저택에 들어와 있었다.

소녀의 보기 드문 외모는 물론 알리시아의 호기심을 자극하기에는 충분했다.

단지, 그보다 먼저 티르나드가 '라이센 돌 저택' 이야기를 시작했기 때문에 여느 때처럼 먼저 눈앞에 놓인 흥밋거리에 관심이 쏠려버렸을 뿐이었다.

레네도 레네였다. 알리시아의 생김새에 관해 말하고 싶은 점이 있는 모양이었다.

"당신이 사신 공주라고 불리는 알리시아 님인가요. 그 외모는 밤하늘에서 빛나는 창백한 달과 같다. 냉기를 두른 미모는 남자의 마음을 얼어붙게 하지만 그 마음을 사로잡고 놓아주지 않는

다. 거기에 눈이 세 개고, 뿔이 돋았으며 덧붙여 체구가 산보다도 크다고 들었습니다만, 전혀 다르군요."

첫 결혼식이 한창 진행 중일 때 신랑이 살해당했다는 이야기가 어지간히도 사람들의 상상력을 자극한 모양이었다. 지금도 끊이지 않는 수많은 풍문을 하나로 정리해놓은 말을 듣고 티르나드는 파랗게 질렸다.

그러나 알리시아는 오히려 다른 일에 신경을 쓰고 있었다.

"어머, 레네는 렉산드르 자작님과 같은 말을 하네요."

그도 레네와 똑같은 소문을 입에 담으며 실제 알리시아를 보고 고개를 모로 꼬았었다.

"이야기는 발로이 님께 들었습니다. 저는 발로이 님이 이끄는 용병단에 신세를 지는 몸인지라."

"어머, 그랬군요. 하지만 레네는 라그라드르 사람이 아닌 것 같은데요?"

실딘 왕국 근처에 존재하는 소국 라그라드르. 빈곤한 토지 때문에 라그라드르인은 태어날 때부터 강인한 육체와 삶을 강하게 갈망하고 있었다. 그런 라그라드르인 대부분은 용병으로 타국에서 벌어지는 싸움에 참여해 생계를 유지한다.

그들은 피부가 하나같이 실딘인보다 검어서 쉽게 구별할 수 있었다.

레네도 언뜻 보기에는 외모가 매우 특징적이었지만 피부는 알리시아보다 더 하얗다.

"예. 라그라드르 태생은 아닙니다. 그러나 현재 저는 라그라드르 용병이며, 언젠가는 발로이 님과 결혼할 예정입니다."

그 말에 티르나드가 움찔하는 표정을 지었고, 세이그람은 질렸다는 어조로 "또 시작이군"이라고 중얼거렸다.

알리시아도 눈을 껌벅거리고 있었지만, 레네는 신세를 지는 용병단장을 흉내 내듯이 알리시아의 가슴에 조용히 시선을 쏟았다.

"다행이군요. 당신의 가슴 상태라면 발로이 님 취향범위 밖이겠습니다."

"……레네, 적당히 좀 해."

혼자서 멋대로 납득하는 레네에게 세이그람이 자신의 자랑거리인 소형 채찍을 꺼내 들 기미를 보였다. 하지만 그보다도 먼저 레네가 슥 홀 안쪽 계단으로 시선을 향했다.

"기다리게 했군, 티르. 세이그람."

그렇게 말하며 고용인을 두 명 대동하고 넓은 계단을 유유히 걸어 내려온 자는 아즈베르그의 영주이자 이 저택의 주인이기도 한 '강' 공작 카슈반 라이센이었다.

검은 머리에 날카로운 검은 눈동자를 가진 그 용모는 강인한 인상이 두드러져서 알리시아는 처음에는 33세 정도라고 생각했을 정도였다.

실제로는 그보다 열 살은 더 젊지만 그가 놓인 상황과 다사다난한 인생 때문인지 30대 초반으로 보이는 일도 많았다.

언제나 깃이 높은 검은 옷으로 몸을 둘러싸고 있지만, 지금은 등에 망토를 걸치지 않았다.

오늘은 외출할 예정이 없기 때문이었다.

"뭐, 뭐냐 라이센! 멋대로 티르라고 부르지 마라! 이름으로 부르지 말라는 소리는 아니다. 제대로 단계를 밟아서 우선 티르나드라고 부르라고."

"네 이름은 길어서 너무 귀찮다. 티르도 괜찮다. 싫다면 처음 그렇게 불렀을 때, 싫다고 하지 그랬나."

카슈반은 재빨리 말꼬리를 잡고 늘어지는 티르나드의 항변을 가볍게 받아넘겼다. 그것을 듣고 알리시아는 미소를 지었다.

"어머, 카슈반 님. 이름이 길다니, 디네로 님 같은 말씀을 하시네요. 보통 그런 식으로 뭐든 절약하는 마음가짐을 가지는 건 좋은 일이랍니다."

디네로. 라는 이름을 듣고 카슈반은 미간에 희미하게 주름을 모았다.

디네로 아즈베르그 공작은 오래전 아즈베르그 지방을 통치하던 영주의 가문— 즉, 지방백의 피를 이은 청년이다.

이미 몰락했다고는 해도 가명(家名)을 지명으로 삼은 지방백은 실딘 왕국 구 귀족들 중에서도 최고봉인 가문이다.

지방백인 디네로는 하녀의 피를 이은, 벼락출세한 영주로서 평판이 그다지 좋지 않은 카슈반과는 대조적인 존재였다.

게다가 부모님 대부터 복잡한 인연이 있었다.

"흥. 디네로 말인가……. 그러고 보니 알리시아. 너와 그 녀석은 빈곤 천연계 지방백이라서 파장이 아주 잘 맞는 모양이더군."

덧붙여 소문만큼 심하지는 않았지만 카슈반이 쉽게 격정적이 된다는 이야기는 사실이었다.

"카슈반 님…… 저, 디네로 님은 조금 이상, 아니 별난 분이시긴 합니다. 하지만 결코 나쁜 분은 아니십니다."

카슈반의 등 뒤에서 소꿉친구이자 지금은 집사를 맡은 금발 청년, 트레이스가 주인의 기분이 저하되고 있다는 사실을 알아차리고 당황하기 시작했다.

그러나 카슈반은 후우 한숨을 한 번 내쉬고는 미간의 주름을 폈다.

"하지만 녀석 덕분에 나도 낮부터 저택에 있을 수 있다. 그 점에는 감사해야겠지."

카슈반은 영주가 된 후부터 자신에게 복종하지 않는 영민을 위협하며 돌아다녔다.

그래서 태양이 높은 곳에 떠 있을 때는 거의 저택에 없었다. 있다고 해도 원래는 집사 등이 처리해야 할 잡무에 바빠서 자신의 방을 떠나지 못했다.

그랬었는데 이렇게 갑자기 찾아온 손님에게도 대응할 여유가 생겼다. 일전에 디네로가 아즈베르그 지방 일대에 카슈반을 영주로서 인정한다는 취지의 고시를 내준 덕분이었다.

"그렇습니다, 카슈반 님. 저도 기분은 다소 복잡합니다만, 역시 지방백의 이름이 가진 힘은 지금도 큽니다. 특히 이, 아즈베르그와 같은 땅에서는 말입니다."

안도한 표정으로 트레이스가 한 말처럼, 아즈베르그 지방은 변경이라는 점도 작용하기 때문인지 신앙심이 깊고 보수적인 땅이었다. 80년 정도 전에 하극상의 태풍이 마구 휘몰아칠 때도 큰 영향을 받지 않았던 곳이다.

이곳에 사는 자들에게 디네로는 영주가 아니라고 해도 지방백이었다. 심정적으로는 벼락출세한 지금의 영주인 카슈반에게보다 솔직하게 머리를 숙이기 쉬웠다.

그런 디네로가, 시계 공작이라는 별명이 붙을 정도로 매일매일을 정해진 예정대로 살아가는 그가 일부러 이 지방의 유력한 귀족들에게 보낸 편지의 효과는 절대적이었다.

덕분에 카슈반은 매일은 아니더라도 며칠에 한 번 정도는 이렇게 저택에서 느긋하게 지낼 수 있었다.

"헤에. 꽤 이해심이 좋은걸, 카슈반 형님. 뭐, 디네로 님이 물러나는 모습이 아주 깨끗하기도 했고, 거기서 질투심을 그대로 드러내면 자기 품격만 떨어뜨리는 셈이 되지."

갑자기 들려온 가벼운 목소리에 카슈반의 등 뒤에 서 있던 노라가 비명을 질렀다.

"루아크! 당신 정말 항상 어디에서 나오는 거예요!"

노라가 자신의 자랑거리인 빨간 머리와 풍만한 가슴을 흔들며 떨리는 목소리를 냈다. 노라는 카슈반의 애인이라는 사실을 거리낌 없이 공언하는 하녀였다.

육감적이며 화려한 미인인 노라에게 '애인'이라는 단어는 매우 잘 어울렸다.

그러나 알리시아 이외의 저택 사람들은 잘 알고 있었다. 카슈반이 노라의 말을 부정하지 않을 뿐, 애인에게 하는 것 같은 행동은 뭐 하나 하지 않는다는 사실을.

"앗하하. 매번 미안해, 노라. 내 출현 경로는 여기저기 많거든. 귀족님 저택이라는 곳은 쓸데없는 공간이 많아서 말이야. 특히 이 저택은 이거 나를 위해 만든 곳인가? 되묻고 싶을 정도로 환경이 잘 갖춰졌단 말이지."

노라의 분노에 아무 일도 없었다는 얼굴로 그렇게 말을 되돌려준 자는 어느새 계단 중간에 나타난 은발 소년이었다.

알리시아의 첫 남편이었던 브라이언 바스틀 백작을 살해하고 알리시아에게 '사신 공주'라는 별명을 붙여준 암살자. 밝고 즐겁게 웃는 얼굴 뒤에 진심을 숨긴 사신 소년, 루아크였다.

"어머, 루아크 안녕. 오늘은 나오는 게 조금 늦었네요."

루아크의 출현에도 알리시아는 여느 때 태도를 잃어버리지 않고 느긋한 목소리를 냈다.

"아하하. 평상시 나는 손님이 오면 그렇게까지 바로 나타났잖아. 뭐, 때로 다른 연출을 선보이지 않으면 신선미가 없잖아."

자타 공인 일류 암살자인 루아크의 감은 매우 날카롭다. 저택에 접근하는 사람의 기척이나 발소리(때로는 말발굽 소리)로 바로 누구인지 판별한다. 게다가 지금처럼 갑자기 나타나 다른 사람을 놀라게 하는 장난을 좋아했다.

"평상시와 다른 연출을 하고 싶다면 차라리 평범하게 걸어서 나오면 되잖아요. 정말……. 그건 그렇고 카슈반 님. 어떻게 할까요. 손님을 어디로 모실까요?"

노라는 밉살스럽다는 듯이 중얼거렸다. 노라는 레이덴 주종이 내방했다는 사실을 카슈반에게 알리러 갔던 모양이었다.

"아아, 그렇군. 오늘 용건이 있는 사람은 티르가 아니라 집사 쪽이라고 들었다. 세이그람. 내 방으로."

"……나는?"

티르나드가 작은 목소리로 물었다.

일단 티르나드는 세이그람의 주인이다. 두 사람의 하는 양을 지켜보노라면 그런 느낌이 들지 않지만.

"유감스럽게도 어른들끼리 중요한 얘기가 있다. 과자 정도는 먹게 해줄 테니까 착하게 기다리라고, 티르."

카슈반이 완전히 어린애를 달래는 태도로 말하자 티르나드는 우선 여느 때처럼 울컥했다.

"그런 말투는 그만두라고 말했잖아! ……하지만, 응. 알았다. 과자는 필요 없지만 적당히 기다리지 뭐."

기세 좋게 되받아치는 것도 잠시, 묘하게 얌전한 대답을 듣고 카슈반은 진지한 얼굴을 했다.

"왜 그러냐? 티르. 열이라도 있나? 기분 나쁠 정도로 말귀를 잘 알아듣는데. 좀 더 쓸데없이 거만한 태도로 분위기 파악 못하는 반응을 보여주지 않으면 내 리듬이 흐트러지잖아."

"뭐, 뭐야. 그게 잘못이냐?! 그리고 또 멋대로 티르라고 불렀어!"

"하하하. 바로 그거다. 그 정도로 대드는 게 평상시 티르라고."

"내 얘기를 좀 들어! 그리고 또 티르라고 불렀겠다?! 자, 그럼 나도 널 이름으로 부를 테다."

그 말을 들은 카슈반은 소리 없이 웃으며 중얼거렸다.

"기운 넘치면 넘치는 대로 시끄럽군. 흥. 나를 이름으로 부르고 싶다고? 좋아. 불러봐라."

갑자기 이름을 부르도록 허락받은 티르나드는 아주 짧은 순간, 입을 우물거렸다.

"카, 카슈반…… 카슈."

단이나 로세 같이 카슈반을 오래 모셔온 고용인이나 트레이스가 예전 버릇대로 부르던 말을 들었으리라. 티르나드는 카슈반의 애칭인 '카슈'라는 이름을 머뭇거리며 입에 담았다.

왠지 부끄러워하는 모습을 카슈반은 잠자코 바라보고 있었다.

티르나드가 부른 이름을 반추하듯이 가볍게 눈을 감고 나서 이윽고 말했다.

"아아. 역시 너한테 이름으로 불리니까 딱 집어서 표현할 수는 없지만 은근히 화가 나는걸. 다음번부터는 제발 그만둬라. 평상시처럼 바닥에 이마를 비비면서 라이센 강공작 각하라고 부르도록 해."

"이봐!! 누가 언제 그런 짓을 했냐!"

꽥꽥 아우성치는 티르나드를 곁눈질하며 카슈반은 레네에게 시선을 주었다.

"그런데 또 한 사람, 일행이 있는 것 같은데. 그 녀석은."

"어머 카슈반 님. 레네와는 처음 만나시나요? 렉산드르 자작님의, 어, 그러니까. 부하라던데요."

알리시아가 하는 말에 카슈반이 의아한 표정을 지었다.

"발로이의…… 그렇다면 저 꼬맹이, 혹시 용병인가? 분명히 라그라드르 용병단에는 높은 급여를 목적으로 하는 타국 사람도 많이 섞여 있다고는 들었지만, 발로이 용병단에는 어지간한 실력이 아니면 들어갈 수 없어."

호리호리한 체구인 레네의 실력을 가늠해보려는 듯이, 카슈반은 날카로운 눈빛을 한층 더 날카롭게 세워서 모습을 바라보고 있었다.

대부분의 사람이라면 저도 모르게 엉거주춤한 자세를 취할 눈빛을 뒤집어쓰면서 레네는 간결한 동작으로 머리를 숙이고 인사를 했다.

"당신이 여자의 가슴 상태에 크게 개의치 않는 카슈반 라이센 강공작 각하시로군요. 저는 레네라고 합니다. 소개해 드렸다시피 발로이 님 용병단에 속해 있는 자입니다."

"―그 목소리, 여자인가."

아직 레네의 성별을 알아차리지 못했던 모양이었다. 놀란 목소리를 낸 카슈반은 반사적으로 레네의 평평한 가슴을 새삼스럽게 바라보았다.

"……그 발로이가 빈유…… 아니, 너 같은 여자를 곁에 두는가. 그렇군. 그런데 대체 이곳에 무슨 용건이 있어서 왔지."

카슈반은 한층 더 의심스러운 목소리를 냈다. 카슈반에게 레네는 변함없는 태도로 대답했다.

"저는 장래에 발로이 님과 부부가 될 예정입니다. 그러나 용병단 안에는 모범이 될 만한 부부를 찾을 수 없었습니다. 그래서 세이그람에게 부탁해 당신 부부의 생활을 참고하려고 이렇게 찾아왔습니다."

카슈반이 침묵했다.

한 박자 늦게 세이그람이 한숨 섞인 어조로 설명을 시작했다.

"레네는 평소에도 이런 식입니다. 발로이 님과 결혼한다는 망상을 사람을 가리지 않고 퍼뜨리고 다닙니다."

"망상이 아닙니다. 언젠가 현실이 될 일입니다."

"조금만 잠자코 있어, 레네. 강공작 각하. 정말 죄송하지만 발로이 님께서 신세를 졌던 은혜를 빌미로 억지로 떠맡기셨습니다. 레네를 당신에게 데려가라고 말이죠. 말하자면 허울 좋은 명분을 들어 귀찮은 사람을 내쫓았다고 생각합니다만."

카슈반은 몹시 싫증이 난다는 얼굴로 크게 한숨을 쉬었다.

"……발로이 녀석, 상대하기 귀찮으니까 나한테 떠밀었군."

그 자식, 카슈반은 쓸쓸한 얼굴로 욕지거리를 내뱉었다. 그런 남편을 곁눈으로 바라보며 알리시아는 레네의 발언에 흥미를 나타냈다.

"어머. 레네는 저와 카슈반 님의 부부 생활을 참고로 하고 싶은가요? 그렇게까지 별다른 일은 하지 않아요. 이따금 '날개의 기도' 분들께 살해당할 뻔할 정도죠."

"아뇨. 극히 평범한, 일반적인 신혼부부의 모습을 보여주시면 충분합니다. 가능하다면 특히 두 분이 러브러브하는 모습을 참고하고 싶습니다."

진지한 얼굴로 그런 말을 하니 노라가 착각해서 카슈반을 추궁했다.

"잠깐만요, 카슈반 님! 제 눈이 닿지 않는 곳에서 언제 마님과 러브러브하셨죠?! 정말이지 방심할 틈이 없네요."

"……아니, 특별히 이렇다 싶은 일을 한 기억은 없는데."

이곳에 더 있다가는 곤란해질 것 같다고 생각했으리라. 말끝을 흐린 카슈반은 재빨리 발길을 돌리며 지시를 내렸다.

"노라. 어쨌든 티르 도련님에게 적당한 다과를 내어드리도록. 그럼 티르, 세이그람을 잠시 빌리마. 후견인도 집사도 없다고 울지 말라고."

끝까지 티르나드를 놀리는 말을 잊지 않고 카슈반은 걸음을 옮기기 시작했다. 그 등을 트레이스가 "레이덴 백작님을 놀리는 것도 적당히 해주십시오!"라고 작은 목소리로 타이르면서 따라갔다. 세이그람도 티르나드에게 가볍게 인사를 하고는 뒤를 따랐다.

알리시아는 일단 그대로 남편을 배웅했다. 하지만 곧 뭔가가 생각났다는 듯이 말을 걸었다.

"맞다. 카슈반 님. 손님이 오셨는데 저녁 식사는 어떻게 할까요."

라이센 저택에도 제대로 된 요리사가 있다. 그러나 알리시아의 요리 솜씨는 명문가의 영애로서는 지나칠 정도로 뛰어났다.

카슈반도 알리시아의 요리는 입에 맞는 모양이었다. 최근에는 저택에 머무는 시간이 늘어나기도 해서 종종 아내의 요리를 즐기고 있었다.

"저녁? ……그렇군."

그러나 뒤돌아본 카슈반의 얼굴에는 뭔가 미묘한 표정이 떠올랐다.

"……오늘 밤은 '비료불요초'를 먹어달라고 했었지."

'비료불요초'는 아즈베르그 지방과 알리시아의 본가가 있는 페이트린 지방에서 자생하는 유독 식물이다.

강력한 독성 때문에 사람도 짐승도 어지간해서는 손을 대려 하지 않는데, 그 말을 뒤집으면 그만큼 경쟁 상대가 적어 손에 넣기 쉽다는 뜻이기도 했다.

명문가에서 태어났으면서도 극빈 생활에 허덕이던 알리시아는 이따금 비료불요초를 먹으며 생활했다. 요리 솜씨가 뛰어난 이유도 그런 생활 덕분이었다.

"뭐, 내가 독살당할 가능성이 없다고는 말할 수 없지. 뭣보다 이 독을 사용하는 암살자가 어슬렁거리는 상태니까. 네 요리 실력이 뛰어나다는 사실은 알고 있으니 그 독에 익숙해지는 편이 좋다는 점은 이해하지만……."

카슈반이 미련이 남은 것처럼 말을 얼버무렸다. 그 말을 들으며 레네가 담담하게 말을 늘어놓았다.

"아내는 남편에게 손수 독이 든 요리를 만들어주고, 남편은 목숨을 걸고 애정을 받아들이는군요. 과연 강공작 부부. 저로서는 도저히 생각할 수 없는 애정 교환 방법입니다. 참고하겠습니다."

"……발로이에게 독을 먹일 생각이라면 말리지는 않겠지만 말이야. 그렇군. 기껏 손님도 왔으니 차라리 저녁은 비료불요초 풀코스로 할까."

이렇게 된 이상, 전원 다 길동무로 삼아주겠다. 그런 의도를 담은 듯한 카슈반의 말에 티르나드와 세이그람이 살짝 얼굴에 경련을 일으켰다.

그러나 이번에는 알리시아가 아주 약간 곤란한 표정을 지으며 이렇게 말했다.

"어머, 다른 분들께도요? 그렇다면 음 그러니까…… 카슈반 님 이외에는 손발이 저리는 정도로 끝나지 않을지도 모른답니다. 이번에는 카슈반 님 체격에 맞춘 양으로 만들어놓았거든요."

"그런가. 그렇다면 곤란하군. 그럼 오늘은 일단 그만두지. 어이, 세이그람. 빨리 따라와라."

괜찮은 변명거리를 발견한 카슈반은 재빨리 말하고는 걷기 시작했다.

두 집사를 데리고 방으로 돌아가는 카슈반을 배웅하고 나서 알리시아는 티르나드에게 물었다.

"오늘은 세이그람이 용건이 있나 보네요. 레이덴 백작님은 어떤 용건인지 알고 계시는가요?"

"글쎄요……. 라이센이 뭔가 알아봐 달라고 부탁한 것 같더군요. 용병단에 몸담았던 적이 있기 때문인지 이전에 몸담은 가문들 덕인지는 모르겠습니다만, 세이그람은 묘하게 발이 넓어서 독자적인 정보망을 가진 것 같으니까요."

자세한 내용은 그에게도 알리지 않은 듯, 티르나드도 모호한 표정으로 대답했다.

"전에는 그런 일은 발로이 아저씨에게 부탁했겠지만 말이야. 하지만 그 아저씨, 조금만 방심하면 자기에게 유리하게 가공한 정보를 갖고 오거나 하니까."

계단을 내려온 루아크의 가벼운 말에 레네가 재빨리 반론했다.

"발로이 님은 자신의 용병단만이 아니라 라그라드르 전체의 이익을 생각하고 계신 분입니다. 그분 처지에서 본다면 라이센 강공작과 아즈베르그 공작의 싸움을 바라는 것은 당연한 일입니다."

전투가 없으면 용병은 먹고살 수 없다.

그런 논리로 이전에 발로이는 카슈반과 디네로 사이에 분쟁을 일으키려고 정보를 조작했었다.

당연하게도 발로이 같은 용병단 쪽에서만 통용되는 논리다. 용병이 돈을 벌어야 한다는 이유로 술수에 휘말린 사람들이 보기에는 그냥 참고 넘길 수는 없는 일이었다.

"아하하. 뭐 카슈반 형님은 디네로 님을 싫어했으니까, 얼씨구나 싶어서 미끼를 덥석 문 경향도 있지만."

역시나 가볍게 대꾸하는 루아크 옆에서 노라는 떫은 표정을 지었다.

"뻔뻔한 구석은 단장의 영향을 받아서일까요. 그런데 레네라고 했던가요? 당신, 용케도 그 발로이를 그렇게까지 사모하는군요. 그 사람, 여자는 얼굴보다는 몸. 특히 가슴이라고 거침없이 공언하잖아요. 그뿐만 아니라, 나이를 먹을 만큼 먹고도 용병 같은 불안정한 일을 계속하는 변변찮은 남자인데도요."

노라는 발로이가 수작을 걸어올 때마다 말도 안 된다고 딱 잘라 거절했다. 그런 노라로서는 왜 레네가 그렇게까지 발로이에게 연심을 품는지 전혀 이해할 수 없는 모양이었다.

뭔가 꿍꿍이가 있다고 생각하는 듯, 노라는 수상쩍다는 시선으로 레네를 빤히 쳐다보았다.

그런 노라를 레네도 물끄러미 바라보았다. 특히 그, 하녀복을 밀어 올리고 있는 풍만한 가슴을.

"당신이 발로이 님이 마음에 들어 하시는 노라라는 거유 하녀로군요."

이 말에는 노라만이 아니라 알리시아도, 그리고 티르나드도 눈을 동그랗게 떴다.

"레이덴 백작님. 거유 하녀가 무슨 의미죠? 일반 하녀와 무엇이 다른가요?"

알리시아의 순박한 질문에 얼굴을 빨갛게 물들인 티르나드는 절규했다.

"왜 제게 물으십니까?! 게다가 알리시아 님. 젖가, 아니, 그런 단어는 사용해서는 안 됩니다!"

소란을 떠는 두 사람을 곁눈으로 바라보며 레네 혼자서 표정을 바꾸지 않았다. 그러면서 정중하게도 파렴치한 별명을 복창했다.

"제가 이곳을 방문한 이유는 또 하나 있습니다. 거유 하녀를 만나 발로이 님 취향을 파악하기."

"잠깐 잠깐, 레네 잠깐만요! 당신 지금 뭐라고 했죠!"

얼굴색을 바꾼 노라에게 레네는 다시 한번 같은 말을 반복했다.

"거유 하녀."

"반복하지 말아요! 아아 진짜! 대체 누가 그렇게 불렀죠!"

"발로이 님이 종종 그렇게 부르십니다."

"……뭐 그렇겠죠……! 그 남자, 다음번에 만나면 절대로 용서하지 않을 거예요……!"

분노에 떠는 노라를 앞에 두고 레네는 담담하게 말했다.

"발로이 님께 그렇게 특별한 별명으로 불리다니 부럽네요. 노라, 괜찮다면 제게도 그렇게까지 가슴에 지방을 모을 수 있는 방법을 가르쳐주시지 않겠습니까."

"잠…… 그거 비아냥거리는 거죠!"

그대로 두면 두 사람의 대화는 언제까지고 평행선을 달릴 분위기였다. 두 사람의 대화에 루아크가 끼어들었다.

"자자. 노라, 레네도 악의가 있어서 그러진 않았겠지. 어 그러니까, 아 그래그래. 다들 카슈반 형님과 세이그람 씨가 지금 무슨 얘기하는지 궁금하지?"

상당히 억지스럽게 화제를 전환한 셈이었지만, 신경 쓸 알리시아가 아니었다.

"어머 루아크. 그 말 무슨 뜻이에요?"

"내가 갑자기 뿅 나타났다가 사라졌다가 해서 다들 신기하게 생각하잖아. 물론 내가 신기에 가까운 몸놀림의 소유자라서 그렇기도 하지. 하지만 이 저택이 원래 그런 식으로 설계된 덕분이기도 하다고 아까 말한 거 기억해?"

루아크는 장난스럽게 웃고는 주변을 의미심장하게 돌아보았다.

"이 저택 안에는 말이야. 곳곳에 비밀 통로가 만들어져 있어. 내가 사용하는 방을 중심으로 저택 안 대부분을 들여다보거나 몰래 드나들 수 있도록 만들어졌어."

"뭐라고요!"

노라가 섬뜩하다는 소리를 냈다.

"그런 장치가 있다는 말은 들어본 적이 없어요. 대체 누가 무엇을 위해서…… 아."

스스로 답을 알아차린 모양이었다.

어딘지 거북한 표정을 지은 노라에게 루아크는 소리 없이 웃어 보였다.

"그래. 아마도 카슈반 형님의 아버지…… 하르바스트 공작이 만들었을 거야."

레디오르 하르바스트. 선대 영주이며 카슈반의 아버지. 그리고 '하르바스트의 장미 저택'이라는 공포스러운 소문을 아즈베르그 지방에 흩뿌린 남자.

"장미에 미친 마님을 살해한 후라고 했던가. 그 사람이 이 저택을 터무니없이 개축한 시점이 말이야. 아마도 그때 만들었겠지. 분명히 아무도 믿을 수 없어져서 고용인이나 잡아 온 여자들 행동을 감시하려고 이런 구조로 만들었을 거야."

루아크는 목소리를 살짝 낮춰 공포 분위기를 조성하며 그렇게 말했다. 루아크에게 촉발되어 알리시아는 전신을 앞으로 내밀었다.

"어머, 분명히 그럴 거예요. 그리고 도망치려는 사람을 붙잡아서 고문…… 어머, 이럼 안 되지. 나도 참."

흥분한 나머지 무심코 말실수를 해버린 알리시아는 입가에 손을 갖다 댔다.

"미안해요. 너무 조심성이 없었죠. 실제로 이곳에서 돌아가신 분도 많이 계시는데."

"그렇지. 하지만 어쨌든 그 비밀 통로를 사용하면 카슈반 형님의 방도 들여다볼 수 있어. 그런 말인데, 어때?"

방긋 웃으며 루아크가 제시한 유혹에 노라는 우선 고개를 저었다.

"저는 사양하겠어요. 그거야 무슨 얘기를 하는지는 신경이 쓰이지만, 발견됐을 때 후환이 두려운걸요."

노라가 유혹을 받아들이지 않으리라는 점은 예상했는지 루아크는 금방 포기했다.

"그런가. 그럼 꿔다 놓은 보릿자루 도련님은?"

"……나도 됐어."

티르나드는 다소 주저하는 기색을 보였지만 망설이는 일 없이 거절했다. 루아크는 의외라는 표정을 지었다.

"어, 괜찮아? 라이센 놈 나를 무시하다니 라든가, 세이그람 녀석 누가 주인인지 알고나 있냐, 라면서 앞뒤 생각하지 않고 미끼를 덥석 물겠다고 생각했는데."

"뭐냐, 내 흉내를 냈냐?! 실례잖아. 마치 내가 말귀를 못 알아듣는 어린애 같잖아!"

자신과 많이 닮은 루아크의 흉내에 분개하기도 잠시, 티르나드는 바로 침착한 어조로 돌아왔다.

"―괜찮아. 그 녀석들은 적어도 지금은 내게 들려줄 필요가 없다고 판단한 그런 이야기를 하고 있겠지. 언제든 필요할 때가 오면 얘기해줄 거다."

그렇게 말하는 티르나드는 어조만이 아니라 표정도 매우 침착했다.

이전 후견인이었던 '날개의 기도' 교단의 사교 유란에게 찰싹 달라붙어 떨어질 줄 모르던 소년. 그의 뒤를 이어 후견인이 된 카슈반에게 이러저런 불평을 늘어놓으면서 강하게 의존하던 가련한 어린애의 모습은 이제 거의 보이지 않았다.

카슈반이 자신에게 보내는 깊은 정을 확인하고, 세이그람이라는 항상 곁에 있어주는 존재를 얻었기 때문이리라. 어릴 때 양친이 살해당하고 저택이 불타 불안정하게 흔들리던 티르나드의 정신은 겨우 의지할 곳을 얻은 모양이었다.

"레이덴 백작님은 카슈반 님과 세이그람을 강하게 믿으시는군요. 다행이에요."

알리시아는 기쁜 듯이 웃었다.

"저도 카슈반 님이 하시는 일을 의심하거나 함부로 입에 올릴 생각은 없어요. 그게, 저는 그분이 사들인 아내인걸요. 쓸데없는 짓을 해서 이제 너는 필요 없다는 말을 들으면 곤란하답니다."

이제 너는 필요 없다.

술술 입에 올린 단어가 알리시아 자신의 귀에 생각지도 못하게 크게 울렸다. 그것도 이전에 느꼈던, '배가 아픈' 감각과 함께.

그것이 살짝 마음에 걸렸지만, 한순간이었다. 알리시아는 솔직한 욕망을 입에 담았다.

"하지만 비밀 통로에는 꼭 들어가 보고 싶어요. 또 남의 말을 훔쳐 듣는다니 재밌을 것 같아요."

"아하하. 알리시아라면 그렇게 말할 줄 알았어. 거기에 잘 생각해보면 우리, 방해를 하는지도 모르고 말이야."

가벼운 웃음소리를 내면서 루아크는 의미심장하게 노라와 티르나드에게로 시선을 옮겼다.

"……그 시선은 뭘까요. 기분 나쁘네요."

이번에는 무슨 소리를 하려는 것일까. 그렇게 생각해 자세를 바로잡는 노라에게 루아크는 히죽 웃어 보였다.

"노라 말이야. 발로이 아저씨를 싫어하잖아? 하지만 알리시아가 있는 한 카슈반 형님은 어려울 거야. 그러니까 슬슬 카슈반 형님은 포기하고 티르 도련님을 본격적으로 공략해보는 편이 좋잖아?"

"뭣!"

그 말에 노라는 짧은소리를 냈을 뿐, 할 말을 잃었다. 그런 노라의 등 뒤에서 티르나드는 딱딱하게 굳어 있었다.

"카슈반 형님도 노라를 지명해서 도련님을 대접하라고 말했잖아. 방해꾼인 세이그람은 데려가 줬고, 분명히 두 사람 사이를 응원하는 거라고. 자, 그럼 힘내."

"잠깐! 잠깐 기다려요, 루아크! 그러니까 나는 이런 풋내 나는 도련님에게는 관심이 없다니까요……!"

노라는 겨우 그렇게 고함을 칠 수 있을 정도까지는 회복했다. 그러나 그보다도 먼저 루아크가 알리시아의 손을 끌고 계단을 올라가고 있었다.

루아크가 이끄는 대로 2층으로 올라가던 알리시아의 머리카락을 일련의 바람과도 같은 뭔가가 흔들었다.

"어머, 레네."

평상시라면 일반인의 눈에는 보이지 않는 행동을 하는 사람은 루아크였다.

그러나 지금 그와 똑같은 몸놀림을 보이며 알리시아의 바로 옆에 출현한 자는 레네였다.

"저 두 사람을 단둘이 남겨서 무드를 조성하려면 저도 저곳에서 떨어지는 편이 좋겠죠. 함께 갈 수 있도록 해주십시오."

호흡 하나 흐트러지지 않은 모습으로 레네는 담담하게 부탁했다.

"어머. 레네도 두 사람 사이를 응원하나요?"

"연적에게는 재빨리 아무래도 좋은 남자를 갖다 붙인다…….
연애 필승법 중 하나입니다."

레네의 개성적인 연애론을 들으면서 루아크는 큰 눈을 살짝 가늘게 떴다.

"—과연 그 발로이 아저씨가 체형에 상관하지 않고 옆에 둘 만큼 능력이 있네. 여자아이라서 용병이라고는 해도 치중대(輜重隊) 쪽이라고 생각했는데."

치중대란 전선에 군수품을 보급하는 역할을 맡은 부대를 말한다. 용병단이 끌고 다니는 치중대에는 상인, 용병들 가족들도 포함되기 때문에 여자 모습도 드물지 않았다.

"그렇다고는 해도 지금 그 몸놀림, 대단한걸. 그 모습도 그렇고 레네, 혹시……."

등골이 오싹해질 것 같은 한기를 품은 목소리로 말한 다음 순간, 루아크는 갑자기 여느 때의 쾌활한 미소를 띠었다.

"뭐, 상관없어. 나는 빈유도 싫지 않으니까. 또 서두르지 않으면 얘기가 다 끝나버릴 테고."

예상한 대로 계단 밑에서 언쟁에 돌입한 노라와 티르나드의 목소리를 뒤로하고 세 사람은 2층으로 올라갔다.

루아크가 안내한 비밀 통로 입구는 그가 멋대로 자기 방으로 정한 2층의 숨겨진 방과 비슷한 장치가 있었다. 눈에 띄지 않는 위치에 있는 기둥 그늘에 간략하게 만들어진 장미 문장이 숨겨져 있다.

　루아크가 익숙한 손놀림으로 문장을 누르자 벽 일부로 위장해 놓은 회전문이 빼꼼 입을 벌렸다.

　루아크가 먼저 들어서고, 알리시아도 두근거리는 가슴을 안고 비밀 통로에 발을 들여놓았다. 그 뒤를 레네가 따랐다.

　"대단하네요. 벽이 두꺼워서 밖에서는 알 수 없었지만 이런 구조로 돼 있군요……."

　차갑고 습한 돌벽을 만지면서 알리시아는 머릿속에서 저택 내부 지도를 전개했다.

　"조금 먼지가 쌓였지만 의외로 깨끗해요. 이끼가 자란 기색도 없고…… 생각보다 무척 평범하네요."

　내부는 어슴푸레했지만, 구조만큼은 제대로 되어 있었다. 창문다운 창문이 없다는 점을 제외하면 저택 안 일반 통로와 크게 다른 점은 없었다.

　"그거야 공작님이 일상적으로 지나다니려고 만든 길이니까 그렇지. 방음도 확실하게 돼 있어서 평소대로 걸어 다니거나 말을 해도 괜찮아."

　그렇게 말하는 루아크 발밑에서는 소리가 잘 울리는 돌바닥 위를 걷고 있음에도 불구하고 발소리가 전혀 들리지 않았다. 레네도 마찬가지였다.

"아, 하지만 내가 신호를 하면 소리 내지 말아야 해. 카슈반 형님은 그렇지 않아도 감이 좋으니까."

웃으면서 앞으로 척척 걸어간 루아크는 이윽고 자리에 멈춰 서고 입술에 손가락을 대어 보였다.

말을 하지 말라는 신호였다. 알리시아는 고개를 끄덕여서 알았다는 대답을 되돌려주었다.

루아크는 그런 알리시아에게 손짓을 하고는 가까이 있는 벽에 꽂아놓았던 동그란 목제 마개를 뺐다.

"들려?"

루아크의 속삭임에 알리시아는 두근거리는 가슴을 안고 고개를 끄덕였다.

마개가 빠지고 열린 작은 구멍 건너편에서 카슈반이 말하는 목소리가 흘러들어 왔다.

"세이그람. 티르나드도 이제 너를 꽤 잘 따르는 것 같더군."

귀에 익은 카슈반의 목소리지만 훔쳐 듣는다는 특수한 상황에 놓였다. 그래서 매우 비일상적인 울림을 가진 듯 느껴지는 것을 막을 수 없었다.

알리시아는 꺄꺄 감탄사를 내지르고 싶어서 몸을 꼬았다. 그런 알리시아에게 루아크는 다시 한번 '말하면 안 돼'라는 신호를 보냈다.

"표정이 부드러워지고 언동도 침착해졌어. 후견인으로서 고맙다는 인사를 해야겠군."

벽 건너편에서는 티르나드에 관한 이야기를 진행하는 중이었다. 만날 때마다 일일이 성대하게 놀리고는 있었지만, 역시 카슈반은 후견인으로서 신경을 쓰는 모양이었다.

"아직입니다. 저분은 요즘도 이따금 저와 유란이라는 남자를 헷갈려 하시니까요."

대답한 사람은 세이그람이었다.

트레이스는 어디 있을까. 그렇게 생각하며 알리시아는 구멍에 살짝 눈을 갖다 대보았다.

이 구멍은 방의 서쪽 벽에 뚫려 있는 모양이었다. 책상 앞에 앉은 카슈반과 그 옆에 대기하는 트레이스, 그리고 카슈반의 정면에 서 있는 세이그람의 옆얼굴이 보였다.

악취미로 통일된 저택에서 카슈반의 방은 가장 평범해서 알리시아에게는 재미없는 곳이었다. 그런 카슈반의 방도 이렇게 보자 왠지 가슴이 두근두근했다. 또다시 감탄사를 내뱉고 싶어졌지만 알리시아는 꾹 참았다.

"티르나드 님은 한시라도 빨리 유란을 완전히 잊어버리셔야 합니다."

안경을 밀어 올리며 단언하는 세이그람에게 카슈반은 어깨를 으쓱하며 농담을 했다.

"있는 힘껏 후려치면 잊어버릴까?"

"그게 제일 나은 방법이라면 어쩔 수 없지요."

웃음기라고는 전혀 없는 얼굴로 딱 잘라 말한 세이그람은 품에서 소형 채찍을 꺼내 들어, 비어 있는 다른 손의 손등을 가볍게 후려치는 시늉을 시작했다.

"티르나드 님은 제가 옷 갈아입기를 도와드리는 일도 무척 싫어하십니다. 예의 그 상처를 보이는 것을 피하고 싶으셔서겠지요. 저는 신경 쓰지 않는다고 몇 번이나 말씀드려도 수긍하지 않으시더군요."

저도 모르게라는 느낌으로 트레이스가 조심스러운 태도로 참견을 했다.

"……본인에게는 역시 싫은 일일 겁니다. 창피하다고 생각하고 계신 것 같기도 하니까요."

티르나드의 몸에는 실컷 그를 착취해온 후견인들과 그 자식들에게서 받은 비참한 상처가 아직 남았다.

날붙이로 새겨진 '쓸모없는 녀석', '쓸모없는 밥벌레' 등등의 문자는 필체가 조잡한 만큼 한층 더 비참해 보였다.

"이미 흉터가 남은 상태지. 그 상처는 이제 지워지지 않을 거야. 그러니 너무 강요하지 마라. ―자칫 잘못하면 네가 미움받기만 할 뿐이야."

티르나드만이 아니라 세이그람도 또 상처 입을 것이라고 카슈반은 말하고 있었다.

그러나 세이그람은 손에 든 채찍을 갖고 놀면서 대꾸했다.

"예. 그러니까 지금 그 상처를 제가 이것으로 때려드릴 생각입니다. 원래 상처 위에 새 상처를 덧새기면 적어도 글자는 완전히 읽을 수 없겠지요."

진지한 얼굴로 세이그람이 입에 올린 대답을 듣고 카슈반도 트레이스도 할 말을 잃고 말았다.

"……티르 도련님. 수명이 좀 짧아지지 않았을까."

루아크도 들릴락 말락 할 정도의 작은 목소리로 한마디를 입 밖으로 흘렸다.

"그러네요. 하지만…… 읍읍."

알리시아는 결국 루아크를 따라 말을 할 뻔했다. 그런 알리시아의 입을 간발의 차로 루아크와 레네가 동시에 손으로 덮었다.

카슈반이 한순간 벽으로 시선을 움직였다. 세이그람은 채찍을 품에 집어넣으며 한층 더 이렇게 말했다.

"미움받는 일에는 익숙합니다. 티르나드 님이 과거와 결별하고 레이덴 지방 영주에 걸맞은 분이 돼주신다면 저는 뭐든 할 생각입니다."

그 일체의 망설임도 없는 말을 듣자, 카슈반도 탄식할 수밖에 없었다.

"─역시 내 집사로 두지 않아서 다행이다. 자칫 그 채찍으로 얻어맞을 뻔했어."

"강공작 각하께서 바라신다면 언제라도 레이덴 라이센 양가의 집사를 겸임하겠습니다."

"내게는 트레이스만 있으면 아무 문제 없다. 그보다 말이지. '날개의 기도' 교단의 움직임을 보고하러 왔지?"

세이그람은 아직 라이센가 집사가 되기를 포기하지 않은 모양이었다. 그런 세이그람에게 카슈반은 본론으로 들어가라고 재촉했다.

"그렇군요. 우선은 총괄부터. 실딘 왕국 내에서 '날개의 기도' 교단 움직임은 명백히 활발해지고 있습니다. 특히 권위가 저하되었던 시기에 파괴되어 석재 등으로 재이용되던 각지의 성당을 다시 세우고, 명문가에 적극적으로 성직자를 파견하고 있습니다."

"성직자 파견인가. 흥. 가문에 파고들어 강한 신앙심을 심어 놓으려는 속셈이겠지. 유란이 티르나드의 후견인이 되었던 것이 그 시초겠군."

냉소적으로 입술 끝을 일그러뜨리며 카슈반은 그렇게 내뱉었다.

'날개의 기도'의 가르침에 그는 일관되게 부정적인 태도를 관철하고 있었다. 당당하게 신을 믿지 않는다고 공언하는 태도가 보수적이고 신앙심 깊은 영지에 반발을 불러오는 이유 중 하나이기도 했다.

"그러나 이제 와서 너무 늦지 않았나? 농민층에서 벼락출세한 귀족에게도 날개를 주겠다고 말한 단계에서 명문 귀족들 마음은 대부분 '날개의 기도'에서 멀어졌을 거야. 뭣보다 날개를 주지 않았다면 왕가고 귀족이고 나발이고 다 없어진 세상이 되었을지도 모르겠지만."

이 아즈베르그 지방 같은 변경 이외의 지역에서는 카슈반만큼 노골적이지는 않아도 '날개의 기도'를 믿지 않는 자를 어렵지 않게 볼 수 있다.

80년쯤 전에 국내를 지배했던 하극상의 기운에 왕가와 '날개의 기도' 교단은 혁명을 외치는 유력한 농민 일부를 회유했다. 작위와 사후의 날개를 약속함으로써 폭동을 진압했다.

그 덕분에 카슈반이 말했듯이, 지금도 실딘 국왕의 지배 체제는 원래 형태를 유지하고 있었다.

대신에 제후들은 겁 많은 왕가와 '날개의 기도' 교단에 실망해, 왕가와 교단의 말을 그리 잘 듣지 않는 쪽으로 바뀌었다.

"그렇군요. 하지만 이대로 팔짱 끼고 사태를 수수방관할 수만도 없다고 생각했겠죠. 성직자를 파견하는 일은 왕가에서도 강하게 밀어주는 모양입니다. 특히 티르나드 님처럼 곤궁하고 힘이 약해진 분들께 상냥한 말을 속삭이면서 접근하겠죠."

담담한 세이그람의 보고를 듣던 카슈반의 눈이 한층 더 날카로워졌다.

"……설마, 티르의 집을 태운 것처럼 손수 '곤궁하고 힘이 약해진' 사람을 만들어내는 건 아니겠지?"

"가능성은 있습니다. 아무래도 '날개의 기도' 교단 내부도 조직의 결속력이 강하다고 할 수는 없더군요. 온건파와 급진파 두 파로 나뉘어서 싸운다던가요. 급진파 중에는 꽤 과격한 짓을 벌이는 자도 있나 봅니다. 덧붙여 유란이라는 남자는 온건파를 대표하는 사람이었던 것 같습니다."

"……그 유란이 온건파라고. 맙소사."

두통이 난다는 것 같은 얼굴이 된 카슈반은 세이그람에게로 시선을 되돌렸다.

"사실 나도 '날개의 기도' 교단에 관해서는 잘 모른다. 신비함을 유지하기 위해서인지, 어지간히 신앙심이 깊거나 혹은 성의라는 이름으로 돈을 내지 않으면 어떤 명문가 사람이라도 예의 성녀 아셸님을 만날 수 없다던데?"

"아셸?"

말 속에 뼈를 담은 목소리로 카슈반이 입에 올린 이름을 알리시아는 저도 모르게 복창했다.

그것은 '날개의 기도'교의 근간인 전설에 나오는 소녀의 이름이다. 지금부터 백 년도 더 전에 아무도 신을 믿지 않게 되었던 시대, 오직 혼자서 신앙을 버리지 않았던 소녀 아셸.

그 때문에 아셸은 박해를 받았고 끝내는 바다를 향한 높은 절벽 위로 내몰리게 되었다. 절벽에서 몸을 던진 그때, 신은 아셸의 등에 날개를 달아주셨다.

아셸은 신에게 받은 날개로 천상의 신들이 사는 낙원, 더 높은 나라로 비상해갔다고 한다.

"여보세요. 알리시아. 떠들면 안 된다니까."

또다시 알리시아의 입을 막은 루아크가 귓가에 대고 소곤소곤 속삭였다.

"하지만 아셰…… 읍읍."

전설 속 인물일 아셸. 설마 실재하는가. 호기심에 눈을 반짝거리는 알리시아에게 루아크는 얼른 이렇게 말했다.

"진짜일 리 없잖아. 교단이 준비해둔 가짜야. 그 얘기는 나중에 가르쳐줄 테니까."

루아크의 말에 레네가 움찔하고 반응했다.

그것을 눈치채지 못한 채, 알리시아는 계속해서 흘러드는 세이그람의 목소리에 다시 귀를 기울였다.

"유감이지만 '날개의 기도' 내부 사정에 관해서는 역시 경계가 삼엄해서 더는 알지 못합니다. 성녀 아셀이 있는 장소 및 교단의 본거지가 어디인지도 지금은 확실히 알지 못하는 상태입니다."

"발로이에게 조사를 부탁했어도 소득이 없었을 정도였으니 말이야. 뭐, 녀석들에 관해서는 속보(續報)를 기다리도록 하지. 그 외의 움직임은?"

"국왕 폐하 및 스탕발 일족은 '날개의 기도' 교단과 보조를 맞추어 오히려 이 일을 기회로 왕권 강화를 노리는 것 같습니다. 각지 유력 귀족에게로 힘이 분권된 지금 상태를 바로잡고 중앙 집권 국가를 만들고 싶은가 보더군요."

스탕발 일족이라면 알리시아도 알고 있었다. 대대로 실딘 국왕을 정치적으로 보좌하는 재상을 배출하는 명문 귀족이었다.

세이그람이 말했듯이 유력 귀족들이 국왕을 업신여기는데도 최소한의 왕권을 유지할 수 있는 이유는 스탕발 일족의 활약이 있기에 가능한 일이라는 말이 있다.

한편, 카슈반은 재상 일족보다 국왕의 움직임에 더 관심이 있는 모양이었다.

"절대 왕정, 이라고. 다른 나라 중에는 그것을 실현한 곳도 있는 모양이던데. 저런, 우리 겁쟁이 국왕 폐하께서는 그렇게까지 지위가 위협받을까 봐 두려워하시는가?"

"예. 특히 강공작 각하와 같은 야심을 지닌 젊은 귀족이 대두하는 것을 두려워하고 계시는 듯합니다."

"나 같은? 바보 같은 소리. 나는 그런 빗나간 야심은 품지 않았다고."

가볍게 받아넘긴 카슈반을 바라보는 세이그람의 눈이 안경 안쪽에서 요사스럽게 빛났다.

"정말로 야심은 없으십니까? 예를 들어…… 공작 지위까지 올라온 김에 국왕 자리에까지 올라간다든가."

세이그람은 농담을 하는 분위기가 아니었다.

훔쳐보는 알리시아마저도 그렇게 생각할 정도였으니 루아크가 감이 좋다고 평가하는 카슈반은 한층 더 그렇게 느낄 터.

"……너무 묘한 바람 불어넣지 말라고, 세이그람."

다리를 바꿔 꼬면서 의자에서 고쳐 앉은 카슈반은 새삼스럽게 낮은 목소리를 냈다.

"나는 왕의 그릇이 아니야. 그러기는커녕 영주의 그릇도 안 될 거다. 그런 부분은 나 자신이 가장 잘 알고 있어."

"국왕 폐하는 그렇게 생각하시지 않으시나 봅니다."

세이그람은 천연덕스러운 얼굴로 그렇게 말하고는 책상 위에 손을 대고 몸을 살짝 앞으로 내밀었다.

"강공작 각하. 당신은 지방백 페이트린의 피를 이은 아내를 맞아들였고, 지방백 레이덴 가문 후계자의 후견인이 되었습니다. 그리고 지방백 아즈베르그에게도 인정받았지요. 착착 지반을 다지고 있다고, 사람들이 그렇게 생각해도 어쩔 수 없다는 사실은 자신도 잘 아실 겁니다."

트레이스마저도 험악한 표정이 되었는데도 세이그람은 혼자서 시치미 뚝 뗀 얼굴로 당당하게 말을 계속했다.

"겁쟁이가 의심에 사로잡혔을 때 얼마나 가차 없어지는지, 그에 경악하는 사람들조차 있습니다. 먼저 해치우지 않으면 당한다. 저쪽은 그렇게 생각합니다. 언제가 됐든 반드시 불똥이 튈겁니다. 그렇다면 우리가 먼저 선수를 쳐도 똑같은 일이 아닐까요?"

긴박한 공기가 실내에 가득 차 있었다. 아무도 입을 열지 않았다.

세이그람은 명백히 국왕에게 반기를 들라고 카슈반을 부추기고 있었다.

"그런데 슬슬 나오는 게 어떤가, 알리시아. 어차피 루아크도 같이 있겠지?"

자신들의 대화를 훔쳐 듣던 세 사람을 눈앞에 나란히 세워놓고 카슈반은 한숨을 쉬었다.

루아크와 알리시아는 그렇다 쳐도 일단 손님인 레네까지 함께라는 점은 예상 밖이었던 모양이었다. '발로이 용병단에는 뻔뻔한 녀석들만 들어갈 수 있나'라는 등, 뭔가를 고시랑대고 있었다.

"음, 그러니까. 물어봐도 별로 의미가 없겠지만, 어느 시점에서부터 들통났어?"

주모자인 루아크의 물음에 카슈반은 그를 찌릿 노려보았다.

"아마도, 너희가 벽 뒤쪽에 오고 난 직후일 거다. 루아크, 내가 언제까지고 암살자가 저 좋을 대로 저택 안을 어슬렁거리게 놔둘 거라고 생각하지 마라."

아무래도 카슈반은 비밀 통로의 존재를 이미 눈치채고 있었고, 평소에도 경계하던 모양이었다.

"저, 죄송합니다, 카슈반 님. 저, 비밀 통로에 들어가 보고 싶어서…… 거기에 남의 말을 훔쳐 듣기를 한번 해보고 싶었거든요."

항상 호기심이 왕성한 알리시아의 사죄에 카슈반은 "그럴 거라 생각했다"고 말하며 다시 한숨을 쉬었다.

그러고는 문득 살짝 짓궂은 눈초리를 하더니 이렇게 말했다.

"그렇군, 알리시아. 그렇게 내 방에 오고 싶다면 살금살금 올게 아니라 사양하지 말고 당당하게 와도 괜찮다. 너는 내 아내니까. 가능하다면 이번에는 쓸데없는 덤은 빼고 혼자서 오지 않겠나."

카슈반은 입술 끝에 미소를 띤 채 알리시아를 바라보며 놀리는 울림이 가득한 야릇한 목소리로 말했다. 그 목소리를 듣자, 알리시아에게 또다시 그 '배가 아픈' 감각이 되살아났다.

정확하게는 배보다 조금 윗부분이 꽉 조이는, 그렇지만 결코 싫지는 않은 감각이었다.

"저……저는……그."

카슈반 이외에 그 누구에게도 느껴본 적이 없는 감각에 알리시아는 뺨을 붉게 물들이며 보기 드물게 입을 우물거렸다.

그런 알리시아와 카슈반을 번갈아 바라보며 레네가 입을 열었다.

"강공작 각하. 즉 이곳에서 마님과 두 분만 계시고 싶다는 말씀이로군요. 큰 참고가 되었습니다. 그런 종류의 말씀을 더욱 많이 해주십시오."

"……아니, 그런 이상한 기대를 하면 오히려 말하기 어려운데."

정서도 뭣도 없는 해설에 맥이 빠진 데 더해 얼굴을 붉게 물들인 트레이스가 헛기침하는 소리가 들려왔다. 카슈반은 화제를 되돌렸다.

"뭐, 우리 대화를 훔쳐 듣던 일은 이제 됐다. 묘한 얘기를 중단할 수 있는 계기가 되기도 했으니까."

그 묘한 얘기를 꺼낸 세이그람은 카슈반의 비아냥거림에도 천연덕스러운 얼굴을 한 채 방구석에 물러나 있었다.

"미안해 형님. 꼬신 건 나니까 알리시아를 나무라지 말아줘…… 어라."

상황을 수습하려고 하던 루아크가 말하던 도중에 창밖으로 시선을 주었다.

레네도 거의 똑같은 타이밍에 루아크와 같은 방향으로 시선을 향했다.

"뭐냐. 또 멋대로 나무를 잘랐다 자르지 않았다는 일로 조정이 필요해졌나. 그렇지 않으면 늑대 퇴치하는데 사람 손이 필요한가."

영민 중 누군가가 진정서를 갖고 왔다고 생각한 모양이다. 카슈반은 살짝 진절머리가 난다는 목소리를 냈다.

그러나 종종걸음으로 달리는 발소리를 내며 곤혹스러운 얼굴로 달려온 노라는 의외의 이름을 고했다.

"카슈반 님, 실례하겠습니다. 저…… 엘릭스 바스틀이라고 이름을 대는 분이 오셨습니다만."

"어머, 바스틀이라면 그 바스틀 백작가? 제가 처음 시집갔던? 그런데 엘릭스라는 분은 기억에 없네요."

알리시아의 말에 카슈반의 표정이 갑자기 굳어졌다.

"바스틀 사람이 약속도 없이 무슨 볼일이지? 설마 알리시아를 돌려달라고 말하는 건 아니겠지."

"……그런 일이라면 저도 기꺼이 건네 드리겠지만요."

카슈반이 가장 먼저 알리시아를 걱정하자 노라는 약간 불만스러운 듯했다. 그러면서도 노라는 말을 계속했다.

"예의가 아닌 줄은 알지만 꼭 카슈반 님을 만나 뵙고 직접 용건을 전하고 싶다고 하실 뿐, 더는 아무 말씀도 안 하십니다. 혼자서 오셨기에 일단 1층 홀에서 기다리시도록 했습니다만…… 어떻게 할까요."

한순간 생각에 잠긴 카슈반은 여기서 생각하고 있어도 어쩔 도리가 없다고 판단했으리라.

"다행히 무례한 손님에게는 내성이 생겨서 말이야. 우선 만나

볼까."

그렇게 말하고 저택의 주인은 방을 나섰다. 그 주인을 쫓아 알리시아를 비롯한 나머지 사람들도 줄줄이 따라갔다.

1층 홀을 내려다볼 수 있는 계단 위까지 걸어온 일동의 눈에 바로 엘릭스 바스틀로 추정되는 인물의 모습이 보였다.

"그러니까 우선 내게 말하라고."

계단 밑에서는 야윈 체구에 검은 머리를 한 청년이 자신에게 마구 대드는 티르나드의 행동에 곤혹스럽다는 듯이 눈썹을 모으고 있었다.

그가 엘릭스이리라. 그런데 백작가 사람임에도 묘하게 서민적인 복장인 이유는 미복잠행(微服潛行)을 위해서일까.

"역시 만나 뵌 적이 없는 분이에요."

트레이스와 약간 비슷한 분위기인, 온화한 얼굴을 지닌 청년을 보면서 알리시아는 중얼거렸다.

알리시아는 첫 남편인 브라이언과 그 모친 이외의 바스틀가 사람은 결혼식 자리에서 처음 만났다. 그러나 신랑 측 친족만으로 채워졌던 성당에 엘릭스의 모습은 분명히 없었다.

"정말로 면목이 없다. 갑자기 들이닥쳐서는 실례되는 행동을 한다는 사실은 알아. 하지만…… 역시 우선은 라이센 강공작과 이야기를 하고 싶어."

티르나드에게 매우 저자세를 취하는 것도 엘릭스가 미약해 보이는 이유 중 하나였다.

　나이는 20대 중반 정도. 어딜 봐도 티르나드보다 연상이었다. 백작가 출신이라는 점에서도 서로 호각일 터인데도 불구하고 '면목 없다'는 말을 반복하는 모습이 비굴해 보이기까지 했다.

　"라이센은 내 후견인이다! 그러니까 내가 먼저 이야기를 들을 권리가 있어."

　"아니, 없는데."

　저도 모르게 카슈반이 그렇게 말했다. 그러나 그 말이 들리지 않는 듯, 티르나드는 허리에 손을 올린 채 빤히 엘릭스의 전신을 살펴보았다.

　"그보다 너, 정말로 바스틀가 사람인가? 차림도 변변치 못하고 신분을 증명할 물건도 소지하지 않은 채 나타나서는…… 수상해."

　꾸민 듯한 낮은 목소리를 내봐도 그다지 박력은 없었다. 그러나 본인은 그렇게 생각하지 않는 모양이었다.

　"거기에다 나를 연하라고 생각해서 어린애를 대하는 말투나 쓰고! 나는 레이덴 지방의 영주, 티르나드 레이덴 백작이다!! 라이센은 이래저래 적이 많아서 고생이다. 함부로 수상한 사람이 가까이 다가가게 놔둘 수는 없다고."

　티르나드는 티르나드 나름대로 후견인에게 도움이 되고자 노력하는 것이리라.

　당사자인 카슈반은 한숨밖에 나오지 않는 모양이었지만, 그의 옆에서 알리시아는 티르나드가 애쓰는 모습을 보고 미소를 지었다.

"어머, 과연 레이덴 백작님. 카슈반 님의 훌륭한…… 에 그러니까 방패막이 노릇을 하고 계시네요."

여전히 티르나드를 제대로 된 전력으로 취급하지 않는 알리시아에게 노라도 어깨를 으쓱이며 동의했다.

"……실제로 방패막이 정도로밖에 사용할 수 없기도 하니까요. 뭐, 한 번 진짜로 방패막이 역할을 해줬다는 점만큼은 칭찬해드리겠지만요."

계단 위에서는 이런 감상이 오가고 있었지만, 엘릭스는 알리시아 일행과는 완전히 다른 반응을 보였다.

"대단히 실례했습니다, 레이덴 백작 각하. 나, 아니 저의 무례를 용서해주십시오."

그렇게 말하기 무섭게 엘릭스는 티르나드의 앞에 정중히 무릎을 꿇었다.

"각하께서 말씀하신 대로 분명히 저는 바스틀가의 혈족입니다만, 동시에 천한 핏줄을 이은 자. 원래대로라면 각하와 같이 존귀한 분과는 눈도 마주칠 수 없는 몸입니다."

순종적인 동작에 티르나드는 오히려 놀란 표정이 되었다. 그런 티르나드를 엘릭스는 얼굴만 들어 바라보았다.

"그렇지만 무슨 일이 있어도 저는 각하의 후견인이신 라이센 강공작 각하께 부탁드리고 싶은 일이 있습니다. 레이덴 백작 각하…… 부디 인정을 베풀어주시겠습니까."

과할 정도로까지 저자세로 부탁하는 엘릭스의 표정은 매우 진지했다. 그 모습에는 티르나드도 너무 놀란 나머지 어안이 벙벙해진 것 같았다.

"뭐, 뭐야…… 너도 백작가 사람이잖아? 그렇게 저자세로 나올 필요는……."

티르나드는 곤혹스러워하면서 엘릭스를 일으켜 세우려 했다. 그런 티르나드에게 사태를 관찰하고 있던 카슈반이 말을 걸었다.

"티르. 됐으니까 물러나라. 그 녀석은 날 만나러 왔잖아."

"라이센! 으, 응."

계단을 내려온 카슈반을 보고 티르나드는 안도하는 얼굴을 했다.

그런 티르나드에게 세이그람이 터벅터벅 다가왔다. 티르나드는 순간 난처하다는 표정을 지었다. 세이그람은 티르나드의 손목을 덥석 붙잡고는 엘릭스에게서 떼어냈다.

"뭐야, 세이그람. 네가 라이센에게 잘 보이라고 해서……."

"예. 당연한 일입니다. 강공작 각하는 언젠가 훨씬 더 대단한 분이 되실 테니까요. 하지만 이런 정체도 알지 못하는 사람에게 제 허가도 없이 함부로 다가가는 행동은 그만두십시오."

"아니, 그렇지만. 이 녀석 약해 보이고 또 무슨 일을 당하지도 않았는걸."

"티르나드 님의 사람 보는 눈을 믿으라 하십니까."

그 사이, 엘릭스는 티르나드와 교대해 가까이 다가온 카슈반을 보고 또다시 바닥에 무릎을 꿇었다.

"처음 뵙겠습니다, 강공작 카슈반 라이센 각하. 저는 바스틀가 당주, 엘릭스 바스틀이라는 자입니다."

"어머, 당신이 바스틀가 현 당주인가요."

카슈반 뒤에서 졸랑졸랑 계단을 내려온 알리시아는 엘릭스가 댄 이름을 듣고 신기하다는 듯이 중얼거렸다.

알리시아의 첫 남편, 브라이언 바스틀은 알리시아와 결혼하면서 정식으로 바스틀가 후계자가 되었다.

그 브라이언이 암살이라는 쓰라린 꼴을 당한 결과, 바스틀가에 차기 당주 자리를 둘러싼 매우 큰 싸움이 벌어졌다. 그 사실은 알리시아가 사신 공주라는 별명이 딸려 소박맞은 후에도 들어 알고 있었다.

"브라이언 님께는 형제가 안 계셨을까요. 형제분이 아니더라도 사촌이라든지 그런 분이 무척 많으셨을 텐데."

그런데 친족 일동이 모인 혼례식에는 모습조차 보이지 않았던 엘릭스가 바스틀가 당주가 되었다니 대체 어떻게 된 일일까.

"거기다가 그쪽 분들은 전부 통통한 체격에 한눈에 봐도 부자라는 느낌이었는데 말이죠……. 특히 브라이언 님 배는 정말 볼 만했답니다."

솔직한데 더해 실례되는 의문을 입에 담은 알리시아를 보고 엘릭스는 조금 슬픈 표정을 지었다.

"당신이 알리시아 페이트린 님…… 아니, 지금은 알리시아 라이센 님이죠. 그 이유는…… 아, 강공작. 무슨."

무릎을 꿇은 채 설명을 시작하려던 엘릭스의 팔을 카슈반이 잡아 억지로 일으켜 세웠다.

"갑자기 들이닥치는 무례한 손님에게는 익숙해졌다. 그 정도로 일일이 그렇게까지 송구스러워하지 마라. 오히려 말하기 어려워."

"그러나…… 저는 그, 아버지는 백작이라고는 하나 고용인 몸에서 태어난 아이라…… 앗."

송구스러워하던 엘릭스가 흘린 실언에 카슈반은 날카로운 눈빛을 한층 더 날카롭게 했다.

"그거 우연이군. 나도 비슷한 처지다. 그 이유로 머리를 숙인다면 나 역시 그렇게 해야 해. 그러니 그만해라."

카슈반이 남에게 머리를 숙이는 모습 따위 상상도 할 수 없는 태도로 딱 잘라 말하자, 엘릭스도 수긍하지 않을 수 없는 모양이었다.

"그…… 그…… 렇습니까."

"경어도 됐어. 에둘러 말하기는 싫어하니까. 나와 얘기하고 싶다면 내가 시키는 대로 하라고."

"예…… 아아, 아니지. ……응, 알았어."

도중에 카슈반이 한 번 노려보자 엘릭스는 당황해서 어조를 수정했다.

"……고맙군, 라이센 강공작. 나도 솔직히 뭐라고 해야 할까. 귀족다운 태도를 취하기가 정말로 거북해."

"나도 마찬가지다. ─자, 그럼 서서 얘기하기도 좀 그러니 자리를 옮길까."

그렇게 말한 카슈반은 천천히 주위를 둘러보았다.

어느샌가 홀에는 다른 고용인도 몇 명인가 몰려와서 떠들썩한 분위기였다.

"하고 싶다는 얘기는 여기서 할 수 있는 그런 것이 아닐 테지. 엘릭스, 2층 내 방으로 와다오."

재빨리 결정한 카슈반은 뭔가를 말하고 싶어 하는 듯한 트레이스가 입을 열기 전에 그렇게 명령했다.

"트레이스. 너만 따라와라. 세이그람은 티르나드와 기다리고 있도록. 경우에 따라서 부르도록 하지."

카슈반은 우선 심복만을 대동하고 엘릭스를 안내하면서 걷기 시작했다. 그러면서 마지막에 쐐기를 박는 것을 잊지 않았다.

"이번엔 훔쳐 듣지 말도록. 루아크. 알리시아와 레네. 알겠지?"

그렇게 말하고는 카슈반은 다시 자기 방으로 돌아갔다. 카슈반을 배웅하고 나서 세이그람이 갑자기 노라를 차가운 눈으로 노려보았다.

"노라. 왜 저 엘릭스라는 남자 곁에 티르나드 님을 남겨두고 왔지?"

"……예? 왜라니 다른 경비병도 있었잖아요. 뭣보다 레이덴 백작님이 이 녀석은 내게 맡기고 라이센을 불러오라고 자신만만하게 말씀하셨다고요."

노라는 자연스럽게 반론했다. 그러나 세이그람은 바보 취급하듯이 작게 한숨을 내쉬었을 뿐이었다.

"저 남자가 무뢰배였다면 어쩔 생각이었지? 정말이지, 대체 뭐 때문에 티르나드 님 주변에 너 같이 화장이 짙은 암고양이가 알짱거리는 것을 용납한다고 생각하나."

"잠깐. 저더러 레이덴 백작님 방패막이가 되라는 말이에요?! 어처구니가 없네. 애초에 이런 미덥지 못하고 고이고이 자란 도련님에게는 관심 없다고 몇 번이나 말했잖아요!"

서로 고함을 치는 두 사람 목소리에 티르나드가 "나도 이런 가슴도 태도도 거창한 하녀는 사양이다!!"라고 외치는 목소리, 거기에 레네가 "노라, 그럼 세이그람은 어떤가요? 저는 당신에게 상대만 정해지면 그걸로 괜찮으니까요"라고 말하는 목소리가 섞였다.

점점 수습할 수 없이 흘러가는 상황을 생글거리면서 바라보던 알리시아는 느긋한 어조로 자기 나름대로 견해를 늘어놨다.

"노라와 레이덴 백작님은 꽤 잘 어울린다고 생각해요. 거기에 레이덴 백작님이 상대라면 아무리 결혼했어도 노라는 카슈반 님 애인으로 남을 수 있잖아요. 피후견인의 것은 자신의 것이라고 카슈반 님이 말씀하셨는걸요."

노라가 카슈반의 애인이라고 믿는 사람은 알리시아뿐이었다. 이런 알리시아에게 있어 노라는 겨우 얻은 비슷한 또래 친구였다. 노라 쪽은 그다지 같은 생각을 하지 않는 모양이었지만.

"그리고 서방님의 것은 아내인 저의 것. 우후후. 그렇게 되면 노라는 줄곧 제 옆에 있어 주겠네요. 루아크, 어떻게 생각해요?"

종합적으로 티르나드가 가장 불쌍한 처지가 되는 미래 예상도를 듣고 루아크는 키득키득 웃기 시작했다.

"아하하. 나도 그거 괜찮지 않을까— 생각했는데 말이야. 세이그람이 있는 한 가령 결혼을 한다 쳐도 뒤가 무서운걸. 아마 노라, 엄청나게 괴롭힘당할 것 같아. 뭐 그렇다고 얌전히 당하고 있을 노라가 아니지만."

언제나처럼 밝게 웃은 루아크는 문득 진지한 얼굴이 돼서 이렇게 중얼거렸다.

"하지만 누군가 이렇게 걱정을 해주는 사람이 있고, 보호받을 수 있다니 좀 부럽네."

"티르나드 님처럼 사람 보는 눈이 없고, 달콤한 말에 금방 넘어가는 분에게는 제가 딱 맞죠."

세이그람은 당당하게 선언했다.

하지만 그런 세이그람을 향한 루아크의 눈에는 그가 아닌 다른 누군가를 비추는 듯이 느껴졌다.

[제2장] 또 한 사람의 암살자

엘릭스를 데리고 방에 틀어박힌 카슈반은 결국 세이그람만 불러들였다.

알리시아도 두 번이나 훔쳐 들을 생각은 없었기 때문에 그 자리에서 어떤 이야기가 오고 가는지 알 수 없었다.

알리시아가 알 수 있던 사실은 이윽고 방을 나온 세이그람이 티르나드를 데리고 재빨리 저택을 나갔다는 점. 그리고 엘릭스에게는 2층 빈방이 임시 거처로 주어졌다는 점뿐이었다.

"정말 카슈반 님도 무슨 생각을 하고 계실까요. 일면식도 없는 남자를 저택에 머무르게 하시다니."

엘릭스가 저택에 머문 지 이틀이 지났다. 노라는 저택 1층에 있는 부엌에서 알리시아가 만든 스튜를 늦은 아침 식사로 먹고 있었다. 조잡한 나무 탁자에 앉은 노라는 그렇게 고시랑거렸다.

"그러네요. 하지만 엘릭스 님, 오델 후작님에게 협박받아서 고생이 크시잖아요."

두 그릇째 스튜를 막 비운 알리시아의 말에 노라는 흥하고 코웃음을 쳤다.

"그러니 한층 더 이해가 안 된다는 거예요. 지스칼드 오델 후작이라면 왕녀님을 아내로 맞이하셨고, 요즘 더욱더 세력을 뻗고 계신 오델 지방 대영주세요. 그런 분에게서 바스틀 백작을 보호하다니 위험할 뿐, 아무 이익도 없어요."

카슈반은 일단 훔쳐 듣기는 금지했지만, 엘릭스가 가져온 상담 내용은 집안 사람들에게 이야기해주었다. 누군가 또 훔쳐 들을 바엔 차라리 먼저 이야기해두자고 생각한 것 같았다.

"우리가 경애하는 오델 지방의 영주, 지스칼드 오델 후작 각하는 '날개의 기도' 교단과 손을 잡았나 보더군."

어제, 여느 때보다도 한층 더 빈정거리는 목소리로 카슈반은 그렇게 설명했다.

"알리시아. 남편이 될 뻔했던 브라이언이 살해당한 후, 바스틀가는 혼란에 빠졌다. 말썽 끝에 고용인의 피가 섞인 엘릭스가 당주가 되었는데, 거기에 오델 후작이 개입해 벼락출세한 당주를 조종해 바스틀가 전체를 자신의 꼭두각시로 만들려고 획책하는 것 같아."

처참한 후계자 경쟁 결과, 상위 계승권을 가진 자들끼리 공멸하는 상황이 발생하고 결국에는 엘릭스만이 남은 상황에 빠진 듯했다.

그러나 신분이 낮은 어머니에게서 태어난 당주를 바라보는 주위 사람들 시선은 차가웠다. 집안에서 고립된 엘릭스의 존재는 바스틀가를 지배하는 데 매우 유용한 발판이 되었다고 카슈반은 이야기했다.

"엘릭스가 후작의 권유를 거절한다면, 저쪽도 강경 수단으로 나오겠다고 협박했다. 이대로라면 언젠가 위험한 일을 당하겠다고 느낀 엘릭스는 나와 오델 후작, '날개의 기도' 교단과의 관계를 알고 모 아니면 도라는 마음으로 찾아왔다는군."

대강 이야기를 끝낸 후, 카슈반이 차가운 미소를 띠고는 이렇게 이야기를 매듭지었다.

"'날개의 기도' 교단도 그렇지만, 오델 후작 각하에게는 적지 않은 은혜를 입은 적이 있지. 일단 영지를 맞댄 자로서 아즈베르그 지방 영주가 되었을 때, 뜻을 알리는 서신을 보낸 적이 있다. 그분은 봉인을 뜯지도 않고 시든 장미 한 송이를 덧붙여, 읽을 가치도 없다는 듯이 되돌려 보내셨지. 슬슬 그 은혜를 갚을 때가 왔군."

"……다시 말해 싫어하시는군요. 오델 후작님을."

단적으로 트레이스가 정리한 대로 카슈반은 이전부터 지스칼드 오델이 마음에 들지 않았던 모양이다.

마음에 들지 않았다고 하면 얼마 전에 옥신각신했던 디네로도 그랬다. 그러나 지스칼드의 경우에는, 그 역시 벼락출세한 영주인 카슈반을 싫어한다는 점이 문제였다.

"카슈반 님도 참. 오델 후작님과 사이가 나쁘시니 무의미하게 맞서고 계시네요. 뜻밖에 어린애 같은 분이시라니까요. 뭐, 그런 점이 귀여우시지만요."

애인의 여유를 드러내려는 듯이 노라가 그렇게 말을 이어받았다.

"분명히 오델 후작가는 하극상의 풍조가 강했을 때에도 토지와 재산을 전혀 잃지 않았죠. 정말 부러운 집안이에요. 하지만 그만큼 혈통에 집착하는 분이니, 오델 후작가와 카슈반 님 사이가 좋아지기는 좀 힘들지도 모르겠네요."

알리시아는 노라의 속내는 물론 일의 중대함도 아직 이해하지 못하는 눈치였다. 그리고 세 번째로 스튜를 접시에 담으며 중얼거렸다.

"그 점에서 엘릭스 님은 벼락출세한 당주들끼리 마음이 맞아서 다행이에요. 우후후. 그러니까 오델 후작님에게서 보호해주시겠죠."

좋다고 해야 할지 나쁘다고 해야 할지 미묘한 공통점에 알리시아는 기뻐했다. 노라는 그런 알리시아를 질렸다는 얼굴로 바라보다가 문득 한 가지 사실을 알아차리고는 이렇게 말했다.

"그러고 보니 마님. 바스틀 백작님은 성이 아니라 이름으로 부르시나요? 별일이시네요."

알리시아는 작위를 가진 사람은 상대가 특별히 허락하지 않는 한, 성으로 부른다.

"예. 그게 바스틀 백작님이라고 부르면 브라이언 바스틀 님이 떠오르는걸요. ……으응 역시 신경이 쓰여요. 이제부터 엘릭스 님을 뵈려고 가볼까 해요."

초대받지 않은 손님이라는 점을 자각하는 듯, 엘릭스는 카슈반이 부를 때 이외에는 줄곧 주어진 방에 틀어박혀 있었다.

그러나 오늘, 카슈반은 트레이스를 데리고 영지를 돌아보러 나가서 저택에 없었다. 카슈반은 알리시아에게 엘릭스를 조심하라고 말했다. 하지만 그에게는 감시역으로 루아크가 붙어 있을 터였다.

"어머, 마님. 바스틀 백작님에게 그렇게 관심이 있으셨나요?"

눈동자를 반짝이는 노라에게 알리시아는 시원스럽게 고개를 끄덕였다.

"그래요. 그게 말이죠. 브라이언 님이 암살당한 이후로 바스틀가가 어떻게 됐는지 사실 무척 신경이 쓰였거든요. 대강은 카슈반 님이 가르쳐주셨지만 자세한 내용은 역시 엘릭스 님 본인에게 듣고 싶어서요."

혼례식이 끝나기 전에 남편이 죽었다고는 하나, 한번은 시집을 갔던 집안이다. 신중하지 못하다고는 생각하지만, 호기심이 점점 강해져서 어떻게 할 수가 없었다.

"루아크도 여기 오기 이전에 맡았던 일에 관한 내용이라면서 아무리 물어도 가르쳐주지 않거든요. 카슈반 님이 물어도 안 된다고만 하고."

지스칼드가 얽혔다는 말을 듣고 카슈반도 당연히 브라이언 암살 실행범인 루아크를 추궁했다. 브라이언을 살해하는 단계에서 이미 후작은 이번 계획을 세우고 있었냐고 말이다.

그러나 루아크는 여느 때처럼 헤실거리면서 "나는 초일류 암살자. 지금 고용주라도 이전 임무에 관해서는 말할 수 없습니다 —"라며 버텼다.

카슈반도 이 자식이, 라고 생각하면서도 사신이라는 별명에 부끄럽지 않은 실력을 갖춘 루아크에게 함부로 손을 댔다가 오히려 사태를 악화시킬 수 있다고 판단했다. 그래서 대신 엘릭스에게 붙어 있으라고 말했고, 루아크도 현재 고용주인 카슈반의 명령을 흔쾌히 승낙했다.

그런 경위가 있었기 때문에 알리시아는 꼭 엘릭스에게 이야기를 듣고 싶다고 생각하고 있었다.

그러나 노라는 알리시아의 호기심을 억지로 엘릭스 본인을 향한 쪽으로 곡해했다.

"어머나, 그 정도로 바스틀 백작님을 연모하고 계신 줄은 몰랐어요! 호호, 그렇지요. 마님은 원래 그쪽 집안에 시집갈 예정이었으니까요. 지금이라도 늦지 않았답니다. 바스틀 백작님 방으로 가보시는 게 어떨까요."

노라는 틈만 있으면 알리시아 부부 사이에 금이 가게 하려고 노리고 있었다. 그런 노라로서는 생겨난 찬스를 한 번이라도 놓칠 수가 없었다.

노라는 몹시 서둘렀지만 그때 옆에서 끼어든 냉정한 목소리가 기세를 가로막았다.

"알리시아 님. 그러시다면 라이센 강공작 각하께서 돌아오셨을 때 바스틀 백작님을 만나주십시오. 아내의 정부와 마주쳤을 때, 시험받는 부부의 유대. 참고하고 싶습니다."

알리시아와 노라의 대화를 들으면서 나무 탁자 끝에서 조용히 두 그릇째 스튜를 먹고 있던 레네였다.

"……레네, 당신도 언제까지 여기 눌어붙어 있을 생각이죠."

레네를 데려온 세이그람 일행이 돌아갔을 때, 당연히 함께 돌아가리라고 생각했다. 그러나 레네는 왜인지 아직 저택에 남아 있었다. 뿐만 아니라 도무지 돌아갈 기미를 보이지 않았다.

"원래 당신의 방은 준비해놓지 않았는데 대체 어디서 자는 거죠……? 라고 할까요, 대체 언제부터 거기 있었죠……."

레네가 너무 조용해서 노라도 진짜 그 존재를 잊어버리고 있었던 모양이었다.

조금 겁먹은 기색까지 보이며 말하자 레네는 접시를 내려놓고 입을 열었다.

"라이센 강공작 부부가 좀 더 러브러브하실 때까지 이곳에 신세를 질 생각입니다. 두 분이 침실도 따로 쓰신다는 사실에는 놀랐습니다. 발로이 님께는 거유 하녀를 버리면서까지 빈유에 유아적인 아내에게 푹 빠져 산다고 들었는데 말이지요."

"버림받지 않았어요. 게다가 나는 거유 하녀라는 이름이 아니라고 몇 번이나 말해야 알겠어요!"

노라는 새된 목소리를 내며 나무 탁자를 흔들며 자리에서 일어섰다. 그런 그녀의 붉은 머리카락을 한 줄기 바람이 흔들었다.

"자자, 미인 하녀 노라. 진정해. 봐, 손님이 놀라셨잖아."

까부는 목소리와 함께 어디서 나왔는지도 모르게 등장한 사람은 두말할 필요도 없이 루아크였다.

그가 갑자기 출현하는 데에는 슬슬 노라도 익숙해지고 있었다. 노라는 재빠르게 뒤를 돌아보며 루아크를 노려보려 했다. 하지만 루아크 등 뒤에서 조금 머뭇거리는 기색으로 얼굴을 내민 사람을 보고는 놀라 소리를 냈다.

"어멋, 바스틀 백작님?! 어머나. 이런 곳에서 뭘 하고 계시죠."

"갑자기 미안하군. ……아아, 괜찮아. 나도 옛날에는 자주 주방 구석에서 식사하곤 했으니."

조금 사양하는 기색으로 주방에 들어온 자는 2층에 틀어박혀 있으리라 생각했던 엘릭스였다.

"어머, 엘릭스 님. 안녕하세요. 마침 인사를 드리러 찾아뵐까 생각하고 있었답니다."

알리시아는 장소를 신경 쓰는 기색도 없이 자리에서 일어나 미소 지었다. 그런 알리시아는 놔두고 노라는 엘릭스를 보고 의심스럽다는 얼굴을 했다.

"바스틀 백작님, 그 옷은…… 분명히 트레이스가 전에 입던 것이 아닌가요? 겉옷 소매 부분의 올이 풀려서 제가 고친 흔적이 있습니다만……."

"아아. 옷 한 벌만 달랑 몸에 걸친 채 저택에서 나와서 갈아입을 옷이 없어서. 카슈반은 자기 옷을 빌려주겠다고 했지만 체격이 너무 차이가 나서 트레이스 것을 빌렸어. 미안."

"아뇨. 사과하지 않으셔도 괜찮습니다. 그런데 백작님은 카슈반 님을 이름으로 부르시네요. 언제 그렇게 친해지셨죠?"

엘릭스의 겸손한 자세에 약간 놀란 얼굴을 하면서도 노라는 그가 주인을 부르는 방법이 신경 쓰이는 모양이었다.

"아아……. 미안. 아니, 응. 그게 문제라서 말이야. 내가 너무 사양하니까 카슈반이 날 이름으로 부를 테니 자기도 이름으로 부르라고, 그렇지 않으면 불러도 대답하지 않겠다고 했거든."

곤란한 듯이 애매하게 미소를 띠는 엘릭스에게 루아크가 옆에서 농담을 던졌다.

"그래, 엘릭스 씨. 당신, 달리 의지할 데가 없다고 난데없이 카슈반 형님에게 매달리는 뻔뻔한 짓을 했다고. 이제 와서 사양해봐야 별수 없잖아."

"응…… 뭐…… 그건 그렇지만."

역시 애매하게 말끝을 흐리는 엘릭스에게 알리시아는 좋은 기회를 얻었다며 말을 걸었다.

"저, 엘릭스 님. 엘릭스 님은 왜 카슈반 님을 의지하시죠?"

아무리 지스칼드와 카슈반이 사이가 나쁘다는 소문을 들어 알았다지만. 갑자기 들이닥친다면 문전 박대당할 확률이 매우 높다.

"그것은…… 우선 오델 후작 자신이 오델 지방을 완전히 장악한 후에는 아즈베르그 지방을 되찾을 생각이라고 말씀하셨기 때문입니다."

"되찾는다? 어머, 오델 후작가가 아즈베르그 지방 영주였던 적이 있었던가요."

한층 더 영문을 알 수 없게 된 알리시아에게 엘릭스는 설명이 부족한 점을 사과했다.

"죄송합니다. 되찾는다, 라는 말은 어디까지나 오델 후작 생각일 뿐입니다. 그…… 오델 후작이 보면 저도 카슈반도 고용인의 피를 이은 벼락출세한 영주니까요. 그분은 많은 지방백이 힘을 잃은 현 상황을 매우 한탄하고 계십니다. 그러니 카슈반에게 아즈베르그 지방을 맡겨놓을 정도라면 차라리 자신이 두 영지를 다스려야 한다고…….”

엘릭스가 조심스럽게 설명하자 노라가 흥이 깨졌다는 표정을 지었다.

“흥. 그렇다면 아즈베르그 공작을 새로 영주로 세우고, 서로 으르렁거리지 않을 범위에서 자기 야심을 그대로 드러내겠다는 속셈이네요. 결국, 자기 권력 범위를 넓히고 싶을 뿐이잖아요.”

“미안. 그렇게 되네…….”

“……그러니까 당신이 사과하지 않아도 된다니까요. 정말이지, 해 먹기 힘드네.”

질린 노라가 한숨을 내쉬는 소리를 들으며 루아크가 참견했다.

“지방백이 힘을 잃은 현재 상황을 한탄한단 말이지. 그 점에서 오델 후작과 ‘날개의 기도’ 교단이 이해가 일치하는군. 덧붙여 오델 후작님은 왕녀를 아내로 두고 있으니까, 그 뒤에는 왕가의 뜻도 깔려 있을까.”

“……그럴지도 모르지. 거기까지는 모르겠지만 오델 후작에게 나는 발판에 지나지 않는다는 점은 잘 알아. 그래서 이곳에 왔어. 문전 박대를 당해도 내가 사전에 이 정보를 넘겨둔다면 카슈반도 조사를 할 수 있을 테니까.”

침착한 목소리로 담담하게 말한 엘릭스의 입가에 안타까운 미소가 떠올랐다.

“실제로 문전 박대당할 각오는 하고 있었어. 하지만…… 여기 사람들은 전부 상냥하더군. 최악의 경우, 살해당할 것도 생각하고 있었는데."

그렇게 중얼거린 후, 엘릭스는 알리시아에게 시선을 향했다.

"거기에 라이센 강공작 부인. 여기 찾아온 이유 중 하나는 당신에게 볼일이 있기 때문입니다."

"어머, 저요?"

의아하다는 얼굴을 한 알리시아를 보면서 엘릭스는 다시 이야기를 시작했다.

"사신 공주의 연…… 이라고 말하면 이상하게 들릴지도 모르겠군요. 하지만 브라이언이 암살당하는 일만 없었다면 당신은 우리 가문 안주인이 되었을 터. 저는, 강공작 부인이 어떻게 지내시는지 신경이 쓰였습니다."

거꾸로 말하면 브라이언이 살해되지 않았다면 알리시아는 라이센 가에 시집올 일도 없었다.

……자, 그러면 이런 상황이 되어서 더 나은 걸까. 한순간 엄청나게 상대방에게 실례되는 일을 생각하고서는 알리시아는 엘릭스에게 이렇게 청했다.

"저, 엘릭스 님. 이야기 도중에 죄송하지만, 또 덧붙여서 지금 와서 이렇게 여쭙는 것도 새삼스러운 느낌이 들지만, 당신을 이름으로 부르는 것을 허락해주시겠어요? 그리고 저를 알리시아라고 이름으로 불러주셨으면 하는데요."

"예? 아…… 아니, 그것이 저는 지방백이라고는 해도 이름뿐인 존재라서요."

트레이스의 평상복을 위화감 없이 소화해내는 엘릭스의 모습. 모르는 사람에게는 분명히 백작가의 당주로는 보이지 않겠지.

"하지만 엘릭스 님은 카슈반 님 친구가 되어서 친근하게 부르도록 허락받으셨잖아요? 그렇다면 제게도 가까운 분이 되시는 걸요. 평범하게 말씀해주시는 편이 더 기뻐요."

그것이 당연하다. 그렇게 말하는 알리시아의 태도에 엘릭스는 아주 잠깐 틈을 두었다가 옅게 웃었다.

"—고마워. 당신…… 아니, 알리시아…… 와 카슈반은 좋은 부부가 되었군. 아즈베르그의 폭군이라고 불리는 남자에게 시집을 갔다고 들어서 줄곧 신경이 쓰였지. 다행이야."

눈부신 것이라도 보듯이 눈을 약간 가늘게 뜨며 그런 감상을 흘렸다.

"남편의 친구는 아내에게도 친구, 로군요. 참고하겠습니다."

레네가 중얼거리는 소리를 듣고 노라는 싫은 얼굴이었다. 하지만 엘릭스는 기분 전환을 한 듯이 이야기를 계속했다.

"사실은 이전부터 카슈반과도 만나보고 싶었어. 똑같이 고용인의 피를 이은 당주…… 그런데 비교도 안 될 정도로 정신적으로도 육체적으로도 강하다고 평가받으니까. 뭣보다 나는 주변 의사에 떠밀려서 영주가 되었지만 카슈반은 자신의 힘으로 영주가 되었고. 비교할 대상을 잘못 골랐을지도 모르겠지만."

"악평도 높지만 말이야."

루아크의 야유에도 엘릭스는 고개를 저어 보였다.

"그 정도로 악평이 떠도는데 위축되지 않고 자기 길을 걸어갈 수 있는 점이 우선 부러워……. 나로서는 도저히 불가능해."

마음속에서 우러나오는 어조로 말한 후, 엘릭스는 알리시아를 바라보았다.

"이런 말을 하면 죽은 브라이언이 나쁘게 생각할 수도 있지 만…… 너희는 좋은 부부가 된 것 같군. 정말 다행이야."

문득 상냥하게 웃는 얼굴에 그림자가 드리워지고 말하는 목소 리도 조금 낮아졌다.

"……브라이언은 아마도 카슈반만큼 널 소중하게 대하지 않 았을 테니까."

"어머 엘릭스 님은 브라이언 님을 싫어하셨나요?"

왠지 모르게 감도는 참견하기 어려운 어두운 분위기를 알리시 아의 직접적인 질문이 깨부수었다.

저도 모르게 눈을 크게 뜨고 난 후 엘릭스는 쓴웃음을 지으며 대답했다.

"어느 쪽이냐면 브라이언이 나를 싫어했다는 말이 정확하려 나……. 브라이언은 아마 더 높은 나라에서 이를 갈고 있을 거 야. 저 엘릭스가 자기 대신 바스틀의 당주가 되다니, 라고."

브라이언의 장례는 바스틀가에 파견돼 있던 '날개의 기도' 교 단의 성직자가 성대하게 집행했을 터.

브라이언은 한창 혼례를 올리는 중에 신부의 외모에 불평을 늘어놓는 남자였지만, 그래도 백작가 사람이었다. 태어날 때부 터 약속된 날개를 받고 혼은 더 높은 나라로 향했으리라 사람들 은 믿고 있다.

자조적으로 그런 말을 중얼거리고서 엘릭스는 되도록 밝게 웃는 얼굴을 만들었다.

"식사 중에 방해를 해서 면목 없군. 알리시아도 다른 사람들도 괜찮다면 또 말 상대를 해주면 기쁘겠는걸. 바스틀가에서는 아무도 나와 말을 하지 않아서 쓸쓸했거든."

"물론이에요. 그렇죠? 노라."

"아, 예에…… 뭐…… 그러죠. 이 집안 사람은 귀족답지 않은 귀족에게는 상당히 익숙하니까요……. 말 상대 정도는 얼마든지 해드리죠."

은근히 무거운 엘릭스의 발언에 살짝 한발 물러서는 기색을 보이면서도 노라는 알리시아의 말을 긍정했다.

"아. 맞다, 엘릭스 님. 괜찮으시다면 함께 식사하시겠어요? 먹다 남은 스튜밖에 없지만요."

모처럼 오셨으니까, 이렇게 말하며 알리시아가 스튜를 내밀었다. 그것을 본 엘릭스가 움찔했다.

"어머, 스튜는 싫으신가요? 맞다. 아무도 먹지 않았지만 분명 비료불요초로 만든 요리가 어딘가 있을 텐데."

"……마님. 건강한 사람이 먹어도 죽을 그런 요리를 권하기는 그만둬 주세요."

질려버린 노라의 목소리를 뒤집어쓰면서도 알리시아는 부스럭거리기 시작했다. 그 광경을 보고 엘릭스는 당황했다.

"아…… 미안. 나는 그게, 많이 안 먹거든. 또 방금 방에서 식사하고 온 참이기도 하고."

엘릭스는 그렇게 말하며 비료불요초 먹기를 거부했다. 많이 안 먹기는커녕, 음식을 거의 섭취하지 않는 듯 보일 만큼 엘릭스는 말랐다.

"하지만 알리시아도, 거기에 레네라고 했던가? 정말 잘 먹네."

기분을 상하게 하면 안 된다고 생각했는지 엘릭스가 조금 빠른 어조로 말했다. 그 말처럼 대체 언제 다 먹고 새로 떴는지 레네도 세 그릇째 스튜를 다 먹은 후였다. 알리시아도 그렇지만 '그 칼로리가 다 어디로 가는 거야?'라고 루아크가 눈을 동그랗게 떴다.

"난 잘 먹는 사람을 좋아해. 카슈반이 다음번에는 다 함께 식사하자고 했으니 그때도 지금처럼 많이 먹어줘. 그럼 실례하겠어."

엘릭스는 가볍게 인사를 하고 주방에서 나갔다.

"음, 그럼 나도. 알리시아. 괜찮다면 내 몫 스튜도 남겨줘."

엘릭스의 감시역인 루아크도 그를 따라서 주방에서 나갔다.

그 날 저녁, 알리시아는 저녁 식사 시간이 되기 조금 전에 돌아온 카슈반과 저녁을 같이하고 있었다.

"카슈반 님. 그러고 보니 레네는 식사에 부르지 않으시나요?"

접시를 대충 비우고 난 후, 알리시아가 던진 질문에 상석에 앉은 카슈반은 모른다고 쌀쌀맞게 대답했다.

"애당초 그 녀석이 여기에 묵는다는 느낌이 안 드니까. 뭣보다 날 보면 마님과 러브러브하라고 시끄럽기도 하고."

"아아. 카슈반 님도 참. 그렇게 마님과 러브러브하고 싶으신가요?"

빈정거림을 듬뿍 담아 기쁜 듯 웃은 사람은 식사 시중을 드는 노라였다.

"그렇죠. 아직 신혼이라고 할 수 있는 시기인걸요. 보통은 주변 사람들이 어디에 시선을 둬야 할지 곤란해 할 정도로 러브러브하면서 찰싹 달라붙죠. 호호. 그렇지만 완전히 정략결혼인 데다가 상대가 이렇게 집도 가슴도 빈곤한 유아 체형의 소녀라는 사실까지 더한다면 글쎄요."

그렇게 말한 노라는 자신을 끌어안는 동작을 취해서 풍만한 가슴이 두드러지게 했다.

거유 하녀라고 불리기 싫어하는 것치고는 그것에 자신이 있는 듯했다. 옆에 있던 트레이스가 엉뚱한 쪽을 바라보며 헛기침을 했다.

"어머. 곤란하게 됐네요. 카슈반 님은 저와 러브러브하기 싫으신가요?"

알리시아가 단도직입적으로 물어오는 바람에 카슈반은 사레가 들려 콜록거렸다.

"어머. 카슈반 님. 죄송해요. 괜찮으세요?"

"아 아니, 괜찮아. ……그런데 너는 그…… 나와 러브러브하고 싶은가?"

"그게 전혀 참고가 못 되잖아요. 레네가 꼭 부탁한다고 했는데."

어디까지나 레네 입장에 서서 되돌려 주는 대답에 카슈반은 문득 진지한 얼굴이 되었다.

"—알리시아. 네 마음은 어때?"

아내를 바라보는 눈 깊숙한 곳에 어두운 빛이 반짝이기 시작했다.

카슈반의 험악한 기운에 겁을 먹었는지 노라도 시중을 들 때 썼던 쟁반을 꽉 쥐고 굳어버렸다.

"다른 이에게 그런 말을 듣지 않으면 나와 러브러브하고 싶지 않은가?"

낮은 목소리로 던지는 질문에 알리시아는 잠시 생각에 잠겼다. 그러다가 거꾸로 질문을 해왔다.

"카슈반 님. 러브러브한다면 어떤 일을 하는 거죠?"

이 질문에 카슈반도 대답이 궁해졌다. 눈 깊숙한 곳에 어렸던 검은 빛이 흔적도 없이 사라졌다.

"……그렇군. 그쪽에 관해서 네 지식이 얼마나 되는지 한번 확인해보려고 생각하긴 했다. 이전에 모친께 첫날밤에 관한 제대로 된 예법을 배우지 못했다는 말을 듣긴 했는데."

"카, 카슈반 님. 이런 곳에서 그런 얘기를 들려주실 겁니까?"

트레이스가 초조한 소리를 냈지만, 카슈반은 개의치 않고 이야기를 진행해나갔다.

"알리시아는 책을 좋아하지. 그…… 네가 읽는 책에는 남녀가, 뭐…… 러브러브하는 장면이 자세히 적히진 않았나."

역시 카슈반도 직접적인 표현은 피해서 신중하게 파고들었다. 그런 남편에게 알리시아는 또다시 순진하게 되물었다.

"음 그러니까 그 러브러브는 예를 들면 초야 장면이랑 같다고 생각하면 될까요?"

카슈반이 에두른 표현을 사용한 부분을 알리시아는 거침없이 입 밖에 냈다.

트레이스가 당황해서 알리시아의 입을 막으려고 했다. 그러나 알리시아는 눈을 반짝거리면서 말을 이었다.

"그때 소름 끼치는 괴물이 나타나서, 어머 트레이스. 왜 그래요?"

책을 좋아한다기보다는 공포 소설 마니아인 알리시아는 당황해서 손을 거두는 트레이스를 바라보며 이상하다는 얼굴이었다.

"아, 아놋. 죄송합니다!"

"아무것도 아닌가요? 그렇다면 상관없지만요. 아, 죄송해요 카슈반 님. 그 뒤는 그, 사실은 신랑이 괴물이었다든가 여러 가지 이야기가 있는데요…… 어머."

쓴웃음을 짓는 카슈반을 보고 알리시아는 말을 끊었다.

"어머, 에 그러니까. 죄송해요. 카슈반 님이 듣고 싶어 하시던 얘기와는 좀 달랐나요?"

"……아니."

쿡쿡 목을 울리며 웃은 카슈반은 자리에서 일어섰다.

노라가 예의에 어긋나신다고 충고했지만, 카슈반은 그대로 성큼성큼 알리시아에게 다가갔다. 그리고 고개를 갸우뚱하는 아내의 머리를 가볍게 쓰다듬었다.

"……뭐, 이 정도인가. 고작해야 키스 정도가 현재로서는 우리에게 적당할까."

머리카락 결을 따라 상냥하게 손가락을 미끄러뜨리면서 카슈반은 툭 중얼거렸다.

"자칫 강요해서 미움받고 싶지 않으니까."

쓸쓸한 듯, 슬픈 듯 가까이 있는데도 멀리 있는 얼굴.

얼마 전부터 카슈반은 이따금 그런 얼굴을 했다.

"저, 카슈반 님이 뭘 하셔도 싫어하거나 하진 않는답니다."

"……그러니까다."

명확히 긍정적인 말을 들어도 카슈반의 표정은 밝아지지 않았다.

"누구도 싫어하지 않는 사람에게, 하물며 돈으로 산 신부에게……."

그렇게 말하다 만 카슈반은 자조적인 미소를 띠며 화제를 다른 내용으로 바꾸어버렸다.

"신랑이 사실은 괴물이라. 네가 읽은 그 책이 뜻밖에 참고가 될지도 모르겠어."

말을 얼버무리듯이 가볍게 알리시아의 머리를 두드리며 카슈반은 그렇게 말하고 걷기 시작했다.

"그럼. 실은 정리하고 싶은 일이 남아서 말이지. 예법에 어긋나게 행동한 김에 이대로 방으로 돌아가겠다. 노라. 뒷정리를 부탁한다. 트레이스, 나 좀 도와줘."

카슈반은 뒷일은 노라에게 맡기고 트레이스를 데리고 자리를 떠나려고 했다. 그런 카슈반을 알리시아는 문득 생각난 점이 있어 불러 세웠다.

"카슈반 님. 그러고 보니 엘릭스 님은요? 엘릭스 님은 카슈반 님에게 제대로 된 손님이죠?"

어느샌가 더부살이라고 정해버린 레네를 식사 자리에 부르지 않는 것은 뭐 이해할 수 있었다.

그러나 엘릭스는 방까지 마련해준 손님이며, 덧붙여 백작가 당주다. 보통 이런 경우엔 체류하는 저택 주인 부부와 식사를 함께하겠지.

"아아. 그 녀석은 벌써 쉬고 있을걸. 보다시피 몸이 별로 튼튼하지 못한데다, 얹혀 지낸다는 점을 신경 쓰고 있으니까 말이야."

"그런가요. 유감이네요."

브라이언의 일도 포함해 엘릭스에게는 아직 물어보고 싶은 점이 산처럼 많았다.

그러나 엘릭스는 카슈반 말처럼 아직 주위에 신경을 쓰는 듯, 거의 방에서 나오지 않았다. 필연적으로 감시역인 루아크도 그 방 근처를 떠날 수 없어 복도에서 지루해하는 모습을 자주 볼 수 있었다.

"하지만 다음번에는 꼭 식사를 함께해요. 엘릭스 님도 점심때 카슈반 님에게 초대를 받았다고 말씀하셨답니다. 아시나요? 식사를 함께하면 상대방과 친해지기 쉽다고 하더라고요."

또 어떤 종류 책에서 얻은 지식을 알리시아는 기쁜 듯이 피로했다.

"……그렇군. 호쾌하게 먹는 네 모습을 보면 그 녀석도 음식을 먹는 기쁨을 맛볼 수 있을지도 모르겠군."

마지막으로 한번 더 알리시아의 머리를 쓰다듬고 카슈반은 자기 방으로 향했다.

그날 밤이었다.

"부족해요. 그것만으로는. 아무리 생각해도."

혼잣말하면서 알리시아는 한 손에는 촛대를, 한 손에는 스튜가 담긴 작은 접시를 얹은 쟁반을 들고 어슴푸레한 복도를 걸었다. 카슈반과 저녁 식사를 마친 뒤였기에 원래라면 방에서 애독서인 공포 소설을 읽으며 까까거렸을 시각이었다.

알리시아가 향하는 곳은 2층 끝에 내어준 엘릭스의 방.

그곳은 원래 손님방이었지만 어차피 이곳은 과거에 하르바스트 장미 저택이라고 불렸고, 현재는 라이센 돌 저택이라 불리는 곳이다. 접근하는 사람이 별로 없기는 예나 지금이나 다를 바가 없었다. 그래서 몇 개인가 있는 손님방은 기껏해야 티르나드가 왔을 때 며칠간 사용하는 정도였다.

"카슈반 님도 참. 레이덴 백작님이 자기 방으로 정한 곳이 아닌 다른 방을 엘릭스 님에게 준비해드렸네요. 우후후. 역시 레이덴 백작님을 소중하게 생각하시는군요…… 방패막이도 해볼 만한 일이네요."

그런 말을 하면서 나아가는 알리시아의 손에 들린 불이 갑자기 불어온 바람에 흔들렸다.

"어머, 어 그러니까 루아크? 아니면 레네? 왜 그러죠?"

대충 누구인지 짐작이 가서 알리시아는 이름을 불러보았다. 예상대로 '레네입니다'라는 대답이 어둠 속에서 돌아왔다.

"알리시아 님이 방에서 나가시는 걸 보았기 때문에 강공작 각하의 방으로 가시나 생각했습니다만, 방향이 다르군요. 어딜 가시죠?"

"엘릭스 님과 루아크에게요."

"아아. 정부에게 가시나요. 때로는 질투를 불러일으키지 않으면 신선미가 떨어진다. 오히려 부부 관계를 유지하기 어려워진다는 뜻이로군요. 참고하겠습니다."

이와 같이 커다란 착각을 이유로 레네는 알리시아와 동행했다. 레네를 뿌리치는 일 없이 알리시아는 그대로 계속 걸었다.

이윽고 2층 복도 끝에서 반짝반짝 빛나는 은색 머리카락을 발견했다.

"어라? 알리시아, 거기에 레네. 무슨 일이야? 이런 시간에."

숨을 필요도 없다고 생각했을까. 엘릭스의 방 바로 앞에 평범하게 선 루아크가 의외라는 표정을 지었다.

"단에게 들었는데 엘릭스 님, 항상 식사를 많이 남긴다고 해서요. 무척 마르고 얼굴빛도 좋지 않으신데, 식사라도 많이 드시지 않으면 쓰러진다고 생각해서요."

사실은 점심때 엘릭스와 루아크가 주방을 나간 후, 알리시아는 심성이 고운 요리사인 단이 탄식하는 소리를 들었다.

들어보니 엘릭스는 저택에 온 이후 줄곧 방에서 혼자 식사를 하며, 덧붙여 식사를 반 이상 남긴다고 했다. 요리사로서는 굴욕적인 일이겠지.

"엘릭스 님이 매우 조심스러운 분임은 잘 알고 있답니다. 하지만 단이 보여준 엘릭스 님 식사, 처음부터 제 것의 절반 정도 분량이었다고요! 본인이 그 정도로 충분하다고 말씀하셨지만, 틀림없이 부족하리라 생각해요!"

공복을 채우려고 독초까지 식량으로 삼았던 알리시아다. 비료 불요초로 만든 식사는 둘째 치고, 단이 만든 맛있는 요리를 남기다니 이해할 수가 없었다.

"거기에 루아크도 점심때 스튜를 먹고 싶다고 말했잖아요? 그래서 2인분 가져왔어요. 괜찮다면 하나를 엘릭스 님께 드리지 않을래요?"

알리시아가 내민 쟁반을 받아든 루아크는 실내를 살피듯이 문을 향해 돌아서고는 말했다.

"미안, 알리시아. 모처럼 갖고 와줬는데 엘릭스 씨는 벌써 잠든 것 같아."

루아크의 대답을 듣고 레나가 표정을 바꾸지 않고 되물었다.

"그런가요? 깨어 계시는 느낌이 듭니다만."

"아니, 자고 있어."

루아크는 딱 잘라 말하고는 바로 이렇게 말했다.

"하지만 나는 스튜를 먹고 싶은걸. 괜찮다면 두 사람 다 여기서 같이 먹고 갈래? 조금 춥지만 방 안에 들어가면 엘릭스 씨를 깨워버리고 말 테니."

"예. 좋아요."

복도에서 음식을 먹다니, 재미있겠어요. 그렇게 생각한 알리시아는 재빨리 승낙했다. 레네도 특별히 아무 말도 하지 않아서 세 사람은 엘릭스 방 앞에 엉덩이를 깔고 앉았다.

"으— 음. 역시 알리시아가 만든 스튜는 식어도 맛있어."

기쁜 듯이 스튜를 먹는 루아크에게 알리시아는 문득 머릿속에 떠오른 질문을 던졌다.

"저기 루아크. 이전에 말했던 성녀 아셀님 이야기인데요. '날개의 기도' 교단에 있는 건 가짜라니, 정말이에요?"

"엥? 아아. 그런 얘기를 했던가…… 응. 맞아. 가짜야. 가짜 날개를 짊어진, 가짜 성녀님."

가짜라는 단어를 반복한 루아크의 표정은 촛불의 빛을 받았음에도 불구하고 기묘하게 차갑게 보였다.

"바닷새 깃털을 뽑아서 그럴듯한 날개를 만들었을 뿐이야. 원래부터 성녀 아셀 얘기는 전설이었고, 또 진짜로 사람 등에 날개 같은 게 돋아 날 수 있을 리 없는데도 말이지. '날개의 기도'를 열심히 믿는 사람들은 아셀님 아셀님하고 감사하는 모양이야."

"역시 그랬군요. 유감이에요……."

알리시아는 정말로 유감스러워했다. 그런 모습을 보는 루아크의 시선이 아직 조금 차가웠다.

"……꽤 실망하네. 그렇게 성녀 아셀님에게 흥미가 있어? 알리시아가 원래부터 그렇게 신앙심이 깊었던가."

"그게 몇백 년도 더 된 전설 속 인물이잖아요? 정말 대단해요. 살아계신다면 지금 몇 살이실까."

눈동자를 반짝거리며 대답하는 알리시아의 말에 한 박자 늦게 루아크가 웃음을 터뜨렸다.

"……아하하하. 그런가 그런가. 거기에 낚였군! 역시 알리시아야!"

루아크는 평상시의 명랑한 표정으로 돌아와 스튜가 담긴 접시를 한 손에 들고 폭소했다.

그 모습을 물끄러미 보던 레네가 갑자기 이렇게 물었다.

"루아크. 왜 당신이 성녀 아셀에 대해 그렇게 자세히 압니까."

레네의 질문을 들은 루아크의 표정이 사라졌다.

그 입가에는 바로 미소가 돌아왔다. 그러나 그 미소는 조금 전 알리시아가 한 대답에 폭소하던 그것과는 명백히 달랐다.

"글쎄에. 그러는 레네야말로 왜 그 점을 걸고 넘어질까."

"아마도 당신과 같은 이유일 겁니다."

"응. 사실은 나도 레네가 여기 왔을 때부터 그런 느낌이 들긴 했어. 그렇다면 일부러 나한테 이유를 안 들어도 되잖아?"

일부러 꾸민 듯이 말머리를 돌리는 루아크의 눈을 레네는 말없이 바라보았다.

바람과도 같은 움직임을 익힌 두 사람 사이에서 점차 공기가 얼어붙어 갔다.

"두 사람 다 왜 그래요? 그러고 보니까 루아크와 레네, 갑자기 튀어나오는 점이 왠지 닮았네요."

과연 이상하다고 생각한 알리시아가 말을 꺼내기 무섭게 루아크가 다른 화제를 꺼내 들었다.

"저기, 알리시아. 알리시아는 엘릭스 씨에게 신경을 쓰는 것 같은데, 너무 편들어 주지 않는 편이 좋을지도 몰라."

"에."

"세이그람 씨. 요전에 왔다가 머물지도 않고 바로 돌아갔잖아. 그거, 카슈반 형님에게 부탁받아서 엘릭스 씨 정보를 모으러 갔기 때문이야."

여기저기 연줄이 있는 듯한 세이그람은 지금은 신용할 수 없는 발로이를 대신해서 최근 카슈반을 위해 정보를 수집하고 있다. 그 이야기는 알리시아도 알고 있었다.

"그랬군요……. 루아크가 엘릭스 님에게 붙어 있는 것도 카슈반 님 명령 때문이죠. 무슨 일이 일어날지 모르니까 엘릭스 님이 말씀하신 내용의 진위를 확인할 때까지 감시하기 위해서라고 말씀은 하셨지만……."

"그렇다니까. 그야 엘릭스 씨가 말한 내용, 아직 완전히 신용할 수는 없잖아. 세이그람 씨가 재빨리 돌아간 이유도 티르 도련님을 우선 엘릭스 씨에게서 떼어놓기 위해서가 아닐까? 그 사람 이러쿵저러쿵해도 도련님을 무척 소중히 여기니까."

세이그람은 언제나 입바른 소리를 했고, 때로는 주인인 티르나드에게조차 심한 말을 한다. 그러나 그것이 나름대로 애정임을 알기에 티르나드도 기본적으로는 세이그람의 말을 듣는다.

문 건너편에 힐끗 시선을 던진 루아크는 스튜가 조금 남은 접시를 내려놓으면서 똑바로 알리시아를 보았다.

"그러니까 알리시아도 조심해. 지금은 엘릭스 씨가 말과 다른 행동을 취하지는 않지만. 엘릭스 씨 말이 증명될 때까지는 신용하지 않는 편이 좋다고 생각해. 물론 내가 착 붙어는 있겠지만."

그 말을 들은 알리시아는 고개를 끄덕였다.

"알았어요. 하지만 루아크도 조심해요. 루아크는 무척 강하지만 만에 하나 무슨 일이 생길 수도 있으니까요."

상대방을 신경 써주는 소박한 말에 루아크는 조금 낯간지러워하며 웃었다.

"그 말이랑 카슈반 형님이 준 이게 있으면 든든해."

눈에 보이지도 않을 정도로 빠르게 움직인 루아크의 손 위에 다음 순간 출현한 것은 작고 검은 돌이었다.

끝에 루아크 눈동자와 같은, 녹색 광물 결정이 붙은 돌은 카슈반이 무적의 사신 소년에게 준 수호석이었다.

"아! 맞다. 자, 이것도요."

루아크 손바닥 위에 있는 수호석을 보고 뭔가가 떠올랐는지 알리시아는 드레스를 뒤져서 어떤 물건을 꺼내 들었다.

"……어 그러니까…… 이거 뭐야?"

알리시아의 작은 손바닥 위에서 빛나는 것은 루아크의 머리카락과 같은 은색 덩어리였다.

엄지손가락 끝마디 정도 크기인 그것을 루아크에게 내밀면서 알리시아는 생긋 웃었다.

"카슈반 님께는 적이 많아서 수호석을 잔뜩 주웠는데 말이에요. 생각해보면 루아크도 적이 잔뜩 있잖아요."

아즈베르그의 폭군이라 불리는 카슈반과 솜씨가 대단한 암살자인 루아크. 어느 쪽이 더 많은 원한을 사는지 좋은 승부가 되리라.

"그래서 주워왔어요. 이거, 은색으로 반짝거리는 게 루아크 머리카락 색 같죠. 카슈반 님이 준 돌엔 녹색 광물이 섞여서 루아크의 눈동자 색 같으니까, 마침 딱 좋겠다 싶었어요. 미안해요. 카슈반 님께 드린 돌처럼 크지 않아서."

"……수호석이란 거, 검은 돌에 뭔가 결정이 붙은 거 아니었나? 이건 은색 덩어리 ……아니…… 상관없나. 어차피 지금 와서 수호석의 정의 같은 건 의미 없으니까."

정원의 거석 군집에 힐끗 시선을 던지고 나서 루아크는 웃으면서 알리시아가 내민 수호석 비슷한 것을 받아 들었다.

"알리시아가 날 위해 골라주었잖아. 고마워, 알리시아. 소중히 간직할게. 일단 물어보기는 하겠는데, 설마 전에 알리시아가 했듯이 나보고 던져서 싸우라는 뜻은 아니겠지."

장난스러운 눈을 한 루아크가 던진 질문에 알리시아는 진지한 얼굴로 대답했다.

"그렇게 해도 좋아요. 없어지면 다시 찾아올 테니까, 언제든지 말해요."

"으으응. 절대로 던지지 않겠어. 내게는 그 외에도 무기가."

루아크의 말이 도중에 갑자기 멈추었다.

루아크 입가에서 까불까불한 미소가 사라졌다.

"분위기가 이상하군요."

잠시 동안 묵묵히 두 사람이 하는 양을 관찰하던 레네가 이상하다고 말하며 소리도 없이 일어섰다.

어느새 레네는 손에 가느다란 나이프를 쥐고 있었다.

"무…… 앗."

루아크는 깜짝 놀라 자리에서 일어선 알리시아의 손목을 몸을 일으켜 붙잡고는 곁으로 끌어당겼다.

"알리시아, 우선 내 뒤에 있어."

루아크의 손에서 수호석 두 개가 사라지고, 대신 바늘 모양 은색 무기가 나타났다. 비료불요초에서 추출해 만든 독이 발린, 루아크만의 무기였다.

"왜 그래요? 엘릭스 님께 무슨 일이라도 생겼나요?"

제아무리 알리시아라도 루아크와 레네가 엘릭스가 머무는 방의 닫힌 문을 응시한다는 사실을 알 수 있었다.

"잘 모르겠지만 우선 알리시아는 움직이지 마. 레네. 신호하면 간다."

"알았습니다."

특별히 사전 협의를 한 기색도 없었지만 레네의 대답에는 망설임이 없었다.

루아크도 더는 아무 말 하지 않고 레네에게 힐끗 한 번 더 시선을 준 후, 단숨에 문을 열었다.

"엘릭스 님!"

루아크와 레네의 등 뒤에서 방 안을 들여다본 알리시아의 눈에 가장 먼저 날아들어 온 것은 침대 옆 바닥에 축 늘어진 엘릭스의 모습이었다.

실내의 촛대에는 불이 켜지지 않았지만, 창밖에는 반달이 떠 있었다. 쏟아져 들어오는 한 줄기 달빛이 내부를 희미하게 비추었다.

꿈쩍도 하지 않는 엘릭스의 복부에는 불길한 검붉은 얼룩이 있었다. 그 얼룩은 시시각각 범위를 넓혀갔다.

마치 알리시아가 좋아하는 공포 소설의 한 장면과도 같은 풍경이었다. 그러나 유감스럽게도 이것은 현실이었다. 신선한 피에서 나는 생생한 냄새가 코끝을 불길하게 스치고 지나갔다.

"엘릭······. 아야."

반사적으로 달려가려던 알리시아는 그 자리에 멈춰 선 채인 루아크에게 부딪쳤다.

"저, 루아크. 엘릭스 님이 큰일 나셨어요."

보면 누구나 알 수 있는 상황을 알리시아는 설명했다. 그런 설명에도 루아크는 대답하지 않았다.

덧붙여 루아크의 손은 옆에 선 레네의 손목을 꽉 잡아서 움직임을 구속하고 있었다.

루아크 자신은 미동도 하지 않은 채 실내 광경을 바라보며 멍

청히 서 있을 뿐이었다.

"루아크. 손을 놔주세요."

레네가 말해도 루아크는 움직이지 않았다.

초조해졌는지 레네는 그 손을 떨쳐내려고 했다. 그러나 루아크는 상당히 강하게 붙잡은 것 같았다. 별로 표정이 없던 레네가 희미하게 얼굴을 찡그릴 정도였다.

"루아크, 왜 그래요?"

다시 한번 알리시아가 불렀지만 상황은 변하지 않았다.

어딘가 이상했지만 지금은 어쨌든 엘릭스가 어떻게 되었는지 걱정이었다.

"엘릭스 님…… 어머."

루아크의 어깨너머로 발돋움을 한 알리시아는 실내에 또 하나, 사람 그림자를 보았다.

약한 달빛에 떠오른 조금 긴 은색 머리카락. 녹색 눈동자.

야위었지만 빈약한 인상은 아닌, 나긋나긋한 근육으로 만들어진 몸. 몸의 선을 드러내는 듯한, 몸에 딱 달라붙는 상의와 검은 바지.

루아크가 앞으로 5년만 지나면 이렇게 되리라. 그런 생각이 드는 호리호리한 체구를 지닌 청년이 바닥에 쓰러진 엘릭스 바로 곁에 서 있었다.

손에 쥔 은색의 작은 나이프에서 붉은 뭔가가 떨어져서 청결하게 닦아놓은 바닥을 더럽혔다.

"어. 그러니까…… 누구죠?"

알리시아의 얼빠진 질문에 루아크의 떨리는 목소리가 겹쳐
졌다.

"……누…… 구…….."

약하디약한, 처음 듣는 듯한 루아크의 약한 목소리.

낯선 젊은 남자 목소리가 그에 답했다.

"내가 누군지 모르나, 루아크."

살짝 조소가 섞인 목소리에는 상대를 괴롭히려는 울림이 있
었다.

"……형……."

여전히 멍한 얼굴로 루아크는 은발 청년을 그렇게 불렀다.

평소에 장난삼아 카슈반을 '형님'이라고 부르던 것과는 말투
가 달랐다.

"그래, 나다. 사이드다. 잊었다고는 못할 테지."

사이드라고 이름을 댄 청년이 이쪽으로 한 발 내디뎠다.

그 움직임에 호응해 루아크가 뒷걸음질 쳤다. 때문에 발돋움
을 하던 알리시아는 또다시 루아크의 등에 부딪히고 말았다.

"꺅."

자세가 무너져 쓰러지려는 알리시아를 간발의 차로 루아크가
떠받쳤다.

루아크는 왜소해 보이는 체구와는 어울리지 않게 힘이 상당히
강했다. 그런 그의 손이 떨리고 있음을 루아크의 가슴에 기댄 알
리시아는 감지했다.

"네가 사신 공주 전속 사신이라 불리며, 실질적으로 라이센

강공작의 하인이 되었다니 놀랍구나. 그러나…… 알고 있겠지, 루아크. 본래 누구의 개인지."

그렇게 말하고, 사이드는 두 소녀 곁에 선 루아크를 감정이 없는 눈으로 바라보며 명령했다.

"돌아와라, 루아크. 네 힘은 오델 후작님께 도움이 될 테니."

사이드가 무슨 말을 할 때마다 레네의 손목을 붙잡고, 알리시아를 받치는 루아크의 손에 힘이 실렸다.

"너는 내게 거역할 수 없다. 돌아와라, 루아크. 알겠지."

자기 할 말만 한 사이드가 소리도 없이 움직였다. 은색 머리카락이 달빛을 튕기며 반짝였다.

그때, 때마침 카슈반의 노성이 들려왔다.

"이봐! 무슨 일이냐?"

그러나 카슈반의 노성과 여러 사람의 발소리가 들려왔을 때는 사이드의 모습이 이미 어디론가 사라지고 없었다.

파수병을 이끌고 달려온 카슈반은 실내 상황을 보자마자 곧바쁘게 지시를 내리기 시작했다.

"이미 외부 파수병 몇 명이 당했다. 저택 안의 등을 켜라. 알겠나. 다들 절대로 혼자가 되지 마라. 행동할 때에는 두 사람 이상씩 움직인다. 알겠지!"

망을 보던 병사가 쓰러져 있었기 때문에 카슈반은 이상을 알아차리고 달려온 모양이었다.

"카슈반 님. 엘릭스 님은 괜찮으신가요?"

알리시아의 말에 카슈반은 눈썹을 살짝 모으며 아내가 아닌 루아크를 바라보았다.

카슈반의 얼굴을 보기 무섭게 루아크는 알리시아와 레네를 해방해주었다.

그러나 언제나 입가에 띠던, 경박한 미소는 사라지고 없었다. 카슈반의 강한 시선을 받고도 루아크는 습격한 자가 사라졌을 창을 향한 채 움직이지 않았다.

"일단 너희는 무사한가. 보기에 다친 곳은 없어 보이지만."

"예. 저와 레네는 특별히 다친 곳은 없어요."

카슈반의 질문에 대답하면서도 알리시아도 결국 루아크 쪽을 보고 말았다.

"루아크, 저기 괜찮아요? 제 눈에는 안 보이지만 혹시 어딘가 다쳤나요?"

"……으응. 괜찮아."

루아크는 겨우 입을 열었다. 그러나 눈은 여전히 일그러진 달이 들여다보는 창을 향한 채였다.

카슈반은 일단 시선을 루아크에게서 엘릭스와 그 옆에 몸을 숙이고 있는 트레이스에게로 옮겼다.

"엘릭스의 용태는 어때."

응급 처치를 하고 있던 트레이스가 괜찮다고 일단 안도한 목소리를 냈다.

"복부를 찔려서 출혈이 많았습니다만, 독 같은 것을 사용한 흔적은 없습니다. 상처를 막고 잘 먹고 쉬면 문제없을 겁니다."

"……그런가. 그럼 우선 처치를 해줘."

미묘한 표정으로 지시를 내린 후, 카슈반은 다시 알리시아를 보았다.

"알리시아. 대체 무슨 일이 있었지? 네가 이해한 범위 내에서 말해줘."

"음 그러니까…… 그것이…… 저, 엘릭스 님이 식사를 조금 더 하셨으면 해서 저녁으로 스튜를 갖고 왔답니다."

방금 말한 스튜 접시는 카슈반이 데려온 경비병 중 누군가가 발로 차서 내용물이 바닥에 쏟아진 상태였다.

"하지만 엘릭스 님이 주무시고 계셔서 저희는 복도에서 이야기를 하고 있었어요. 그러는 사이에 레네와 루아크가 안쪽 상황이 이상하다고 해서 들어와 봤더니, 엘릭스 님이 찔려서……."

알리시아에게 물어 들은 답치고는 꽤 제대로 된 상황 설명이었다. 그 설명을 들으면서 카슈반은 이렇게 쐐기를 박았다.

"엘릭스를 공격한 자는 루아크가 아니겠지?"

"네?"

당사자인 알리시아로서는 생각지도 못한 질문이었다.

카슈반은 알리시아와 그 옆에 있는 레네의 반응을 보고 놀라는 모습이 거짓이 아님을 확신한 듯했다. 한 박자를 쉰 뒤, 기묘한 질문을 한 이유를 이야기했다.

"사실은 바깥에서 파수병이 당했을 때, 은발을 지닌 사람 그림자가 저택 안에 들어오는 광경을 몇 명이나 목격했다. 외견상

특징만 보면 아무리 생각해도 루아크야. 하지만 이 녀석이 한 짓이 아니란 말이지?"

"아닙니다. 에, 그러니까 엘릭스 님의 배를 찌른 사람은……사이드인데."

"사이드? 누구지, 그게?"

들어본 적이 없는 이름에 당연하게도 카슈반의 얼굴이 한층 더 험상궂어졌다.

"그, 루아크와 닮은 남자가 스스로 이름을 댔나? 습격한 자가 먼저."

"예. 그렇습니다. 그리고……."

사이드가 한 말 한 마디 한 마디를 알리시아는 떠올렸다.

잊어버렸다고 하지는 못하겠지.

본래 누구의 개인지.

돌아와라.

"루아크. 그 사람은 루아크의 친형인가요?"

알리시아는 루아크 자신이 사이드에게 내뱉은 말을 확인해보았다.

이번에는 카슈반이 놀란 얼굴을 했다. 그 얼굴을 보고 루아크는 이윽고 실내에 있는 사람들에게로 시선을 돌렸다. 루아크가 무표정하게 고개를 끄덕였다.

"……그런 모양이야."

"어이. 대체 무슨 소리냐? 네 형이라고?"

미간에 주름을 잡고 추궁을 시작하려는 카슈반과는 대조적으로 조용한 목소리로 레네가 루아크에게 물었다.

"루아크. 그 남자는 자신에게 돌아오라고 말했습니다. 오델 후작에게 도움이 된다면서. 어떻게 할 생각이죠?"

"뭐라고!"

역시 소리를 낸 사람은 또 카슈반이었다. 루아크는 대답하지 않고 눈을 다시 창밖으로 향했다.

"루아크, 대답해라. 엘릭스를 찌른, 사이드라고 이름을 댄 남자가 틀림없이 네 형인가."

루아크는 아무 말도 하지 않았다.

카슈반을 돌아보지도 않았다.

"—어이. 내 눈을 똑바로 봐."

낮은 목소리를 낸 카슈반은 갑자기 손을 뻗어 루아크의 얼굴을 양손으로 붙잡았다.

루아크는 그 힘에 거역하지 않고 카슈반에게로 시선을 돌렸다. 그런 루아크의 눈을 들여다보며 카슈반은 다시 말했다.

"어떻게 된 일이냐."

그래도 루아크는 입을 열지 않았다.

"루아크. 무슨 말이라도 해."

"그러니까 방금 말했잖아. 알리시아가 진짜 형제냐고 물어서 그런 것 같다고."

반항적으로 말하는 것치고는 패기가 없었다. 무기질적인 어조로 루아크는 조금 전 한 말을 반복했다.

"아아. 그래. 그래서? 너는 진짜 '형님'을 따라 이번에는 오델 후작 각하의 사신이 될 셈인가."

평상시 루아크가 자신을 가리켜 말하는 '형님'을 카슈반은 일부러 흉내 내보았다.

루아크는 꿈틀하고 속눈썹을 흔들었지만 입술이 열리는 일은 없었다.

"아무 말도 하지 않는다면 나도 이대로 널 여기에 놔둘 수는 없다."

도발에도 아무 반응을 보이지 않는 태도에 속이 부글부글 끓었는지 이윽고 카슈반은 그렇게 단언했다.

"자, 그럼 어떻게 할 건데? 날 죽일 거야? 아니면 버리나."

놀라는 알리시아를 가로막고 이번에는 루아크가 바로 반응을 보였다. 그런 루아크에게 카슈반은 떫은 얼굴을 했다.

"……내버린다는 선택지는 없다. 그대로 사이드니 오델 후작이니 하는 자들에게 가버리면 곤란해."

"그럼 죽일 거야?"

앞일을 예상했을까, 루아크는 잽싸게 그렇게 물었다.

카슈반은 입을 다물고는 루아크의 얼굴을 잡은 양손을 떼었다.

"내가 쏟아부은 정이 오히려 역효과를 낳았나."

말을 하다 보니 어느 시점부터인가 힘이 들어갔던 있던 모양이었다. 꽉 쥔 카슈반의 주먹에는 루아크의 은발이 몇 가닥 얽혀 있었다.

"……그럴지도 모르지."

똑바로 카슈반을 바라보는 루아크의 입가에는 엘릭스가 자주 그러듯 애매한 미소가 떠오른 채였다.

초조한 듯이 혀를 차고는 카슈반은 루아크의 팔을 확실히 잡아 눌렀다.

"우선 구속하겠다. 뒷일은 세이그람에게 부탁한 조사 결과에 따라 정하도록 하지."

"카슈반 님!"

알리시아가 더 말리려 했지만, 이번에는 카슈반이 부름에 대답하지 않았다.

어쩔 수 없었기에 알리시아는 루아크가 양보하도록 설득했다.

"루아크…… 루아크는 사이드에게 돌아가고 싶어요? 저기, 사이드를 데리고 이리로 올 수는 없나요? 이 저택이라면 앞으로 손님이 50명은 더 머물 수 있어요."

무리해서 타협점을 찾으려 하는 알리시아에게도 루아크는 모호한 미소를 지어 보였을 뿐이다.

"스튜, 미안하게 됐어. 제대로 다 먹었어야 했는데."

필요한 것은 그런 사죄가 아니었다. 알면서도 루아크의 입에서 나온 것은 그런 말뿐이었다.

"누군가 튼튼한 밧줄이나 쇠사슬을 갖고 와."

남편의 차가운 명령을 멍하니 들으면서 알리시아는 더는 아무것도 할 수 없었다.

[제3장] 행복한 식탁

루아크를 구속한 카슈반은 여러모로 검토한 결과, 원래 루아크가 멋대로 눌러앉았던 비밀의 방에 그를 감금했다.

"그곳이 가장 밀폐성이 좋아. 병사를 배치해서 비밀 통로 출입구는 다 막았다. 알리시아는 만일을 위해 되도록 나와 행동을 같이해. 밤에도 내 방에서 자도록."

문답무용으로 명령한 카슈반은 엘릭스가 습격받은 날 이후 영지를 돌아보러 나가는 일을 그만두었다. 자기 방에서 각지에서 보낸 서신을 읽어보는 정도는 일했지만, 그 외에는 그저 세이그람의 조사 결과를 기다리는 눈치였다.

"그런가…… 루아크는 아무 말도 하지 않는다고."

작은 목소리로 그렇게 말을 흘린 사람은 침대에 누운 엘릭스였다.

트레이스의 응급 처치가 효과를 보았을까, 기습을 받은 지 3일째가 되자 엘릭스는 말을 할 수 있을 정도로 회복했다. 기초 체력이 부족한 탓도 있어서 얼굴빛은 여전히 병자의 그것이었으나, 건강하지 않아 보이는 점은 원래부터 그랬다.

"예. 아무 말도 하지 않는 모양이에요. 카슈반 님이 음, 그러니까 조금, 아니 꽤 심하게 추궁하는 듯한데, 줄곧 입을 다물고 있다네요."

노라와 함께 엘릭스의 병문안을 온 알리시아는 침대 옆으로 끌어온 의자에 앉아 후우 작게 한숨을 쉬었다.

카슈반이 '꽤 심하게 추궁하고 있는 모습'을 상상해서일까, 엘릭스는 뭐라 형용할 수 없는 얼굴을 했다.

"……그, 그래. 그거 대단한걸. ……정말 아무 말도 안 한대?"

"사이드라는 형님이 어떤 사람인지, 그와 오델 후작은 어떤 관계인지 이것저것 물어보았지만 아무것도 말해주지 않는대요."

현재 상황도 앞으로의 의향도 루아크는 무엇 하나 이야기하지 않는다고, 어제 카슈반은 밉살스럽다는 듯이 내뱉었다.

굳게 입을 다문 루아크를 카슈반도 엄하게 추궁할 수밖에 없었다. 그래도 루아크는 아무 말도 하지 않는단다.

그 반동인지 최근에는 오히려 카슈반의 표정이 거칠어지고, 발산하는 공기가 표독스러워지고 있었다.

"말해두지만 저는 처음부터 루아크가 수상하다고 생각했답니다."

조용해진 두 사람을 내려다보며 침대 옆에 서 있던 노라는 딱 잘라 말했다.

"어머나 노라. 노라는 루아크를 싫어하나요?"

"좋지도 않고 싫지도 않습니다. 원래부터 정체를 알 수 없었으니까요. 카슈반 님에게 보낸 암살자였잖아요. 마님에게 있어서는……."

말하는 기세를 타고 입 밖에 말을 내려던 노라는 힐끗 엘릭스를 보고 당황해서 삼켜버렸다.

루아크는 브라이언 바스틀을 죽인 암살자.

그것을 명색이 바스틀가 당주인 엘릭스에게 가르쳐주면 앞으로 곤란한 사태가 일어날 가능성이 있다.

"아, 어머 카슈반 님!"

그런 찰나에 타이밍 좋게 카슈반이 트레이스를 데리고 나타났다. 그 덕분에 노라는 이야기를 흐지부지 끝낼 수 있었다.

경비병인 동시에 엘릭스를 감시하는 역할을 맡은 병사가 주인의 방문에 서둘러 경례를 했다. 그에 개의치 않고 방에 들어간 카슈반은 침대 옆에 섰다.

"말은 할 수 있겠지. 엘릭스, 통증은?"

"아직 아프지만 괜찮아. 미안 카슈반. 폐를 끼쳐서. 또 자리에 누운 채로…… 아, 아니."

자리에 누운 채 손님을 맞이했다는 점도 사과하려던 엘릭스가 입을 다물었다.

루아크의 일도 있기 때문일까. 방에 들어설 때부터 기분이 나빠 보였던 카슈반은 한순간 한쪽 눈썹을 치켜세웠다. 그러나 상대가 다친 사람이기 때문일까. 짜증을 내지는 않았다.

"나야말로. 오델 후작이 갑자기 암살자를 보내오리라고는 예상하지 못했다. 내 생각이 너무 안이했어. ……여러 가지 면에서 말이지."

듣는 사람이 소름이 돋을 정도로 낮은 목소리를 낸 후, 카슈반은 이어서 엘릭스에게 물었다.

"식사는?"

"응, 뭐. 천천히 먹고 있어. 어차피 죽 같은 것이 아니면 먹을 수 없으니까."

침대 옆에 놓인 작은 접시에는 거의 손도 안 댄 죽이 들어 있었다.

"어머, 또 이만큼밖에 안 드셨어요? 게다가 다 식었네요. 엘릭스 님. 괜찮다면 제가 다른 음식을 만들…… 어머 카슈반 님."

세세한 곳까지 신경을 쓰는 알리시아의 손을 카슈반이 붙잡았다.

"그런 일은 다른 녀석들에게 맡겨둬. 엘릭스. 그 외에 필요한 것은?"

"으으음. 없어."

"무슨 일이 있으면 알리도록 해. 알리시아, 가자."

카슈반은 억지로 알리시아를 끌어당기며 복도로 나왔다. 노라와 트레이스도 얼굴을 마주 보면서 어쨌든 주인의 뒤를 따랐다.

그 광경을 본 엘릭스는 '역시 사이좋은 부부야'라고 중얼거리고 있었다.

반론조차 하지 못하고 복도로 끌려 나온 알리시아는 곤혹스러워서 남편을 올려다보았다.

"카슈반 님, 왜 그러세요? 혹시 카슈반 님 식사를 먼저 만들라는 뜻인가요?"

"……그런 순위 경쟁이 아니야."

질렸다는 표정으로 카슈반은 한숨을 쉬고는 알리시아와 노라를 보았다.

"알리시아, 엘릭스에게 너무 가까이 가지 말라고 했을 텐데. 노라도 제대로 이 녀석을 지켜보았어야지."

"죄, 죄송합니다, 카슈반 님. 하지만 마님이 꼭 가보고 싶다고 하셔서……."

카슈반이 험악한 눈초리로 바라보자 노라는 꽁무니를 빼는 기색을 보였다. 알리시아가 그런 노라를 감쌌다.

"카슈반 님. 오늘은 제가 노라에게 잠깐만 가보자고 부탁했어요. 노라를 혼내지 말아주세요."

고문의 피로라고 해야 할까, 정신적인 피로가 그대로 드러난 카슈반의 얼굴은 여느 때보다도 한층 더 날카로워 보였다. 그런 남편을 조금도 두려워하지 않으며 알리시아는 계속 부탁했다.

"그리고 내친김에 루아크도 용서해주세요."

"……꽤 대범한 '내친김'이로군."

'내친김'에 들어주기는 너무 큰 부탁을 듣고 카슈반은 잠시 고민하는 표정을 지었다.

"알고 있어. 루아크는 아마도 뭔가를 감추고 있겠지."

그렇게 말하는 카슈반의 얼굴에서는 험악한 기운이 옅어지고 있었다. 그러나 미간에 팬 주름은 한층 더 깊어졌다.

"하지만 그걸 내게 말하지 않는다. 그렇다고 해서 변명을 하지도 않아. ……뭘 해도 아프다거나 괴롭다는 말도 없어. 본인이 저런 상태라면 억지로 입을 열게 하든가 그렇지 않으면 세이그람에게 정보를 갖고 오게 하든가 둘 중 하나뿐이다."

세이그람의 이름을 듣고 트레이스의 시선이 약간 허공을 맴돌았다.

"역시 발로이에게 찾게 하는 것보다는 시간이 걸리는군. 그꼰대에게 다시 한번 부탁해본다는 방법도 있지만……."

고시랑거리는 주인에게 뭔가를 결의한 기색으로 트레이스가 말하기 시작했다.

"카슈반 님. 루아크는 이 틈에 처리해둬야 합니다."

그 말에는 카슈반도 놀란 듯했다. 알리시아와 노라도 마찬가지로 눈을 동그랗게 뜨고 있었다.

"—왜 그러냐, 트레이스. 마치 세이그람 같은 말을 하는데. 싫다고. 너한테 채찍으로 얻어맞을까 보냐."

"말을 돌리지 마십시오. 아실 겁니다. 루아크가 '날개의 기도' 교단 및 왕가와 관계가 있을지도 모른다는 사실을."

굳은 목소리로 트레이스가 말하자 알리시아는 더 놀랐다.

"트레이스, 그게 무슨 말이에요?"

"이전에 카슈반 님은 발로이 님에게 루아크에 관해 조사를 부탁한 적이 있었습니다."

분명히 이전에 두 사람이 그런 일을 한 적이 있다는 사실은 알리시아도 들은 적이 있었다.

"그때, 루아크는 이전에 왕가와 '날개의 기도' 교단이 공동으로 만들려고 했던 정예 부대의 생존자임이 밝혀졌습니다. 라그라드르 용병단의 대두를 염려해 실딘 국내에 그를 대신할 무력을 갖춰놓으려고 했던 것이 계기였을 겁니다."

발로이나 이전에 세이그람이 속했던 라그라드르 용병단. 그 용맹무쌍함은 근처 국가에 널리 알려져 있다.

실딘 왕국을 포함한 많은 나라는 그들이 자신에게 영구적인 충성을 맹세하기를 원했다. 그러나 용병들은 돈만 지불한다면 일시적으로야 말을 들었지만, 결코 한 사람을 주인으로 정하려 들지는 않았다.

"음 그러니까, 라그라드르 분들께 부탁하길 그만두고, 자신들이 강한 병사를 키우려고 했군요? 다른 사람에게서 씨감자를 받아와서 키우기보다 처음부터 자기가 키우면 더 이익이 많이 나긴 하죠."

"그…… 그렇지요. 하지만 부대를 만들던 도중에 라그라드르 쪽에서 그 사실을 알아차렸나 봅니다. 그들의 분노를 사길 두려워해 부대를 해산시켜버렸다는 모양입니다."

미묘하게 초점이 벗어난 알리시아의 비유를 어떻게 흘려 넘기고 트레이스는 말을 계속했다.

"훈련된 병사들도 비밀 유지를 위해 거의 살해당한 것 같습니다만…… 국왕군이나 교단 측에 흡수되거나 탈주하는 등 일부 살아남은 자들도 있었나 봅니다. 루아크도 그렇게 탈주한 자 중 한 명이 아닐까 하고."

일련의 설명을 대충 마치고 트레이스는 말이 없는 카슈반을 향해 머리를 깊게 숙였다.

"주제넘는 발언을 했다는 점은 알고 있습니다. 하지만 루아크의 기색은 분명히 이상합니다."

그렇게 말하고 자세를 되돌린 트레이스의 눈은 평상시 상냥함이 거짓말처럼 느껴질 정도로 험악했다.

"뭣보다 루아크는 원래부터 유란…… 에게 고용되었던 암살자로서 카슈반 님을 노리던 사람입니다. 무시무시한 실력의 소유자기도 하지요. 루아크가 정말로 뭔가를 꾸민다면 가령 카슈반 님이라도 그것을 막을 수 없을지도 모릅니다."

트레이스의 어조가 너무 강했기 때문에 노라가 머뭇머뭇 중얼거렸다.

"……뭐 그것도 그렇겠지만, 처리한다니 그건 좀……."

여느 때와는 정반대 태도를 보이는 하녀를 곁눈으로 보며 트레이스는 카슈반의 결단을 기다렸다.

"카슈반 님. 이참에 결단을 내리셔야 하지 않겠습니까."

노려보듯이 자신을 올려다보는 트레이스를 카슈반은 엄격한 얼굴로 내려다보았다. 마치 이 두 사람이 싸우는 것 같은 구도는 카슈반이 한숨 섞인 목소리로 이렇게 말하면서 끝났다.

"트레이스. 너도 사실은 루아크를 걱정하고 있겠지. 비장한 얼굴로 그런 진언은 그만둬."

허를 찔려 굳어버린 트레이스에게 카슈반은 한층 더 말했다.

"네가 세이그람에게 열등감을 느끼고 있다는 사실은 안다. 하지만 말이야, 트레이스. 이전에도 말했지. 사람에게는 각자에게 걸맞은 역할이 있다고. 나는 지금의 네 능력에 충분히 만족한다."

"……세이그람 님도 어디까지 신용할 수 있을지는 모르죠."

세이그람의 이름을 듣자 또다시 트레이스의 표정이 굳어졌다.

"라그라드르 용병단 일원이었다는 점은 물론이요, 그분에게는 야심이 있습니다. 카슈반 님을 이용하려는 생각을 감추려 들지도 않잖습니까."

"그러고 보면 세이그람은 카슈반 님께 국왕 폐하를 음 그러니까…… 처리하라고 말했던가요."

들은 단어를 바로 사용하고 싶었던 알리시아가 저도 모르게 말을 흘렸다. 그 한마디에 노라가 펄쩍 뛰었다.

"잠깐만요. 그 음험한 안경남, 그런 일을 카슈반 님에게 진언했단 말인가요?! 사람을 암고양이라고 불러놓고는 잘도 뻔뻔스럽게……."

"아니, 그렇게까지는 말하지 않았다. 비슷한 말을 한 건 사실이지만."

쓴웃음을 지으며 고개를 젓는 카슈반을 트레이스는 진지한 얼굴로 바라보고 있었다.

"물론 저도 그렇습니다. ……당신께서 저를 믿고 계시다는 사실은 잘 압니다. 그러나 저는 한 번 도망쳤다가 돌아온 후 당신을…… 찔렀습니다."

아직도 트레이스의 마음속에는 자신이 카슈반을 배신했었다는 생각이 강하게 남아 있었다.

"그런 사람이 타인을 의심하는 언동을 하는 행위 자체가 수치를 모르는 행동임은 압니다. 그렇지만."

"그래서? 지금 나한테 충분히 믿을 만한 사람이라는 사실을 알 때까지 널 두들겨 패기라도 하라는 말이냐? 레디오르 하르바스트처럼."

카슈반은 여러 말 늘어놓지 않고, 오직 아버지의 이름 하나만을 들고 나왔다. 그런 카슈반의 말에 트레이스가 '헉'하는 얼굴을 했다.

"……잘 들어라, 트레이스. 누군가와 행동을 같이하는 이상, 어떤 합리주의자나 어떤 염세주의자라도 상대방 어딘가를 믿는 수밖에 없어. 그렇지 않으면 무슨 일이든 전부, 어떤 의미로는 가장 믿을 수 없는 자신만의 손으로 해나가야 하니까."

그렇게 말하고 카슈반은 손을 뻗어 트레이스의 머리를 장난을 치듯 가볍게 쓰다듬어주었다.

"나도 루아크와 세이그람, 너를 완전히 믿지 않는다. 하지만 어느 정도는 너희라는 인간을 이해할 수 있다고 자신한다. 아직 너희가 나를 배신하는 일을 한 기억은 없어."

"그래요, 트레이스. 거기에 카슈반 님은 루아크에게 돈은 주지 않으셨지만 수호석을 주셨어요."

알리시아도 남편에게 가세했다.

"저기, 카슈반 님. 저도 일전에 루아크에게 수호석을 주었답니다. 루아크의 머리색과 똑같은 색인 빛나는 돌을 트레이스랑 같이 찾으러 갔었지요. 루아크가 그것을 어디에 집어넣었는지는 알 수 없었지만, 두 개 다 항상 갖고 다니나 봐요."

몸의 선을 그대로 내보이는 루아크의 옷 어디에 수호석을 숨길 수 있을까 신기했다.

"다른 이에게서 받은 물건을 돈으로 바꾸지 않고 소중하게 갖고 있는 까닭은 상대방을 좋아하기 때문이겠죠."

"……수호석은 돈으로 바꾸기 어렵다고 생각하지만. 그런 거겠지. 거기에 그 녀석은 이곳이 라이센 돌 저택이라고 불리게 된 데 한몫 거들기도 했으니까."

중얼거리는 카슈반의 눈에는 정원을 메우고 있는 거석 군집이 들어왔다. 그중 몇 개인가는 알리시아를 본받아 루아크가 선택했다. 트레이스는 자포자기하는 심정으로 그것을 옮겼다.

"……그렇…… 죠."

여느 때 온화한 표정으로 돌아온 카슈반은 일단 말을 매듭지었다.

"그런 얘기다. 우선 세이그람의 보고를 기다리자. 루아크의 감시는 풀지 않겠지만, 일단 고문은 중지한다."

"잘됐어요."

안도한 알리시아는 고개를 끄덕였다.

"카슈반, 알리시아. 새삼스럽게 하는 말이지만 이번 일은 정말 미안했어."

검은색 긴 의자에 앉은 엘릭스가 면목 없다는 얼굴로 그렇게 말했다.

"우리야말로 미안했다. 벌써 상처는 다 나았나."

같은 식탁에 앉은 카슈반이 닭고기를 나누어주는 손을 멈추며 엘릭스를 바라보았다.

"괜찮아. 통증은 있지만 원래부터 협박 같은 거였을 테니까. 그렇게 깊은 상처는 아니야."

사이드의 습격을 받고 나서 이미 6일이나 지난 어느 날 밤 저녁 식사 시간이었다. 부부 두 사람의 식사 자리에 처음으로 엘릭스가 동석했다.

엘릭스는 이미 상처도 많이 좋아져서 걸어 다닐 수 있었다. 그렇다고 예의 저녁 식사 약속이 실현되진 않았다. 엘릭스 앞에는 일단 수프가 놓여 있었지만 전혀 손을 대지 않고 있었다.

"하지만 다른 음식은 거의 안 드셨잖아요. 좀 더 드세요. 엘릭스 님, 괜찮으시다면 제 몫을 좀 나눠드릴까요?"

엘릭스 건너편에 앉은 알리시아가 수프 그릇을 들여다보고는 중얼거렸다.

"알리시아. 그런 말은 자기 접시 위에 음식이 남아 있을 때나 해라."

남들보다 한발 빨리 자기 접시를 비운 알리시아의 말에 카슈반은 가볍게 딴죽을 걸고 엘릭스에게로 시선을 옮겼다.

"엘릭스. 뭔가 먹고 싶다면 내 것을 덜어주지. 그 수프는 완전히 식었으니까."

"아, 으으응. 괜찮아. 그게…… 나보다 알리시아가 먹고 싶어

하는 듯이 보이는데."

그러고 보니 알리시아가 이번에는 카슈반의 접시를 물끄러미 바라보고 있었다.

"⋯⋯그렇군. 자, 알리시아. 접시 내밀어."

접시를 집어주려고 손을 뻗는 광경을 보고 노라가 나무랐다.

"카슈반 님. 여느 때와 다를 바 없지만 예의에 어긋난 행동입니다. 마님이 더 드시고 싶다면 새 요리를 가져오겠습니다."

"아니, 나는 이걸로 충분해. 알리시아도 내가 나눠준 정도면 충분⋯⋯ 하지."

"예. 고맙습니다. 카슈반 님,."

알리시아는 쐐기를 박는 카슈반의 말에 기운차게 대답하고 닭고기 요리를 절반 나누어 받았다.

"마님이 드시는 모습을 보면 어차피 또 가져오는 꼴이 될 것이 틀림없는데⋯⋯ 호호호, 하지만 그렇게 먹고도 살이 찌지 않는다니 부러운 일이네요."

노라는 저는 여기가 무거워서요, 라고 말하며 부드러운 가슴을 여봐라는 듯이 가볍게 흔들어 보였다. 그러는 노라 옆에서 조용한 목소리가 들려왔다.

"한 접시에 담긴 요리를 두 사람이 나눠 먹는다. 너무 뻔하지만 그것도 좋습니다. 참고하겠습니다."

"⋯⋯그러니까 당신도 항상 어디에 있냐고요⋯⋯."

언제부터 그곳에 있었는지, 레네가 벽을 등지고 서 있었다. 검은 벽을 등지고 서자 레네의 하얀 머리카락이 더욱 눈에 띄었다. 노라는 무언가를 포기한 얼굴로 투덜거렸다.

"정말이지 루아크처럼…… 어, 머."

자신이 실언했음을 알아차리고 당황해서 노라가 입에 손을 갖다 댔지만 이미 때는 늦었다.

실내 공기가 순식간에 얼어붙었다. 알리시아가 풀이 죽어서 어깨를 떨어뜨렸고 카슈반의 미간에는 깊은 주름이 새겨졌다. 그 뒤에 대기하던 트레이스도 한층 더 어두운 얼굴이 되었다.

"……루아크는 아직 못 찾았어?"

살짝 엘릭스가 입에 담은 말에 팔짱을 낀 카슈반이 고개를 끄덕였다.

"……그래."

"수호석, 이었던가. 너희가 준 물건을 두고 갔다던데."

"……아아."

얼굴빛을 바꾼 경비병이 심야에 카슈반의 침실에 달려들어 온 것이 3일 전 일이다. 카슈반이 루아크의 고문을 중지한다고 선언한 그날이었다.

비밀의 방에 구속돼 있었을 터인 루아크가 경비병을 몇 명이나 기절시킨 뒤 모습을 감추었다고 했다.

카슈반의 뒤를 쫓아 비밀의 방에 발을 들여놓은 알리시아는 '그 자식'이라고 남편이 내뱉는 소리를 들었다.

과거 카슈반의 아버지가 사용했던 오래된 책상 위에는 두 사람이 준 수호석이 나란히, 위에서 쏟아지는 샹들리에의 빛을 허무하게 반사하고 있었다.

"루아크, 지금쯤 어쩌고 있을까……."

툭 중얼거린 알리시아의 입으로는 닭고기가 규칙적으로 옮겨지고 있었다.

초연하게 어깨를 떨어뜨린 채 루아크를 걱정하는 말은 거짓말이 아니었다. 그럼에도 식욕은 떨어지지 않는 사람이 바로 알리시아였다.

"아아, 그렇다고 해도 이 요리, 정말 맛있어요…… 역시 한 접시 더 먹을까요……."

도중부터 전혀 다른 생각을 하기 시작한 알리시아에게 노라는 질렸다는 얼굴이었다. 그러나 엘릭스는 눈을 가늘게 뜨며 웃었다.

"알리시아는 언제라도 정말로 맛있게 식사를 하는구나……."

식은 수프에 시선을 떨어뜨린 후, 엘릭스는 갑자기 알리시아에게 물었다.

"저기 알리시아. 알리시아는 카슈반을 좋아해?"

카슈반과 노라와 트레이스가 일제히 뿜었다.

"아, 미안 카슈반. 괜찮아?"

"'괜찮아'가 아니잖습니까? 바스틀 백작님! 주위에 신경을 써 주신다고 그러셨을지는 모르지만, 이야기 전환이 너무 억지스러워요!"

가장 먼저 회복한 노라가 얼굴을 빨갛게 물들이며 고함을 쳤다. 곁에서 레네가 깊게 고개를 숙였다.

"바스틀 백작. 멋진 응원입니다. 감사합니다."

"아하하. 레이덴 백작님이나 루…… 음, 시끄러운 사람들이 없다고 생각해서 살짝 방심했더니……."

빨간 머리를 흐트러뜨리며, 꺄아꺄아 시끄럽게 구는 노라를 옆에 두고 알리시아는 생긋 웃었다.

"예. 좋아한답니다. 제가 그리던 이상적인 서방님이신걸요."

카슈반이 다시 한번 뿜은 뒤, 이어 격렬하게 기침을 하기 시작했다. 트레이스가 필사적으로 등을 문질러 주었다.

"앗, 아 저기. 마님, 대답 자체는 대단히 훌륭합니다만……. 카슈반 님, 괜찮으십니까!"

"아, 아니, 괘, 괜찮, 아."

아직 다분히 동요하는 카슈반을 보고 왜인지 레네가 비난을 시작했다.

"강공작. 알리시아 님은 바스틀 백작 최고의 질문에 최고의 대답을 해주셨습니다. 여기서 당신께서 '나는 널 좋아하지 않아. 왜냐면 사랑하기 때문이다'라고 말하지 않는다면 두 사람의 연대가 허사가 되어버리잖습니까."

"다 허사가 돼버려도 좋아요. 그까짓 것!!"

루아크가 떠난 일이 적지 않게 영향을 끼쳤기 때문일까. 최근 얌전했던 노라가 얌전하게 지냈던 기간만큼 몫을 메우려는지 아우성을 쳤다.

왁자지껄한 대화를 들으면서 엘릭스는 온화하게 웃었다.

"그런가, 다행이다. 알리시아에게 카슈반은 그렇게 좋은 남편이구나."

"예. 부자시고, 관용적이시고, 또 넓은 저택에 살고 계실 뿐 아니라 '사신 공주'라고 불리던 저를 높은 가격으로 사주신 분이 거든요."

처음 만났을 때부터 변함없는, 알리시아의 두 번째 남편에 대한 평가.

그것을 듣고 트레이스가 등을 문질러 주던 카슈반의 옆얼굴이 살짝 굳었다.

그런 카슈반의 반응을 아는지 모르는지 엘릭스는 실내를 둘러보면서 중얼거렸다.

"카슈반은 알리시아만이 아니라 고용인에게도 사랑받고 있구나."

"예. 이 저택 고용인들은 전부 카슈반 님을 매우 좋아한답니다. 그런 만큼 수는 적지만요."

알리시아의 말은 듣기에 따라서는 무척 실례되는 말이었다. 그 말에도 엘릭스의 미소는 변하지 않았다.

"그렇구나. 노라 같은 미인 하녀도 그렇지만 트레이스라든가, 단이라든가 로세라든가."

어머나, 하고 노라가 기쁜 듯한 소리를 냈다. 그 말을 들은 레네가 "노라. 이렇게 말씀하시는데 바스틀 백작님은 어떤가요?"라고 제안했다.

"거기에 영민들에게도. 들었어. 네가 영지를 돌아보러 나오지 않으니까 걱정이 돼서 병문안을 온 영민들이 있었다고? 장미 저택이니 돌 저택이니 말하면서 두려워하는 것치고는 사람이 잘 따르는걸."

카슈반이 매일 열심히 영지를 둘러보러 나간 덕분이리라. 폭군이라는 별명을 가진 영주를 향한 애착이 어느새 아즈베르그 지방에 조금씩 자라고 있던 모양이다.

그러나 겨우 완전히 회복한 카슈반은 엘릭스의 말에 오히려 괴로운 얼굴이 되었다.

"……그렇게 사람들에게 사랑받는 것도 아니야. 수호석까지 준 고용인은 나가버렸으니까."

실내에 다시 침묵이 감돌았다.

"……미안."

"아니, 화풀이해서 미안하다."

화풀이했다는 자각은 있는 듯했다. 그러나 표정을 바로 할 여유는 없어 보였다.

카슈반은 은근히 무례하게 일단 사과를 했다. 그런 카슈반을 말없이 바라보던 엘릭스가 다시 물었다.

"루아크, 어떻게 할 생각이야?"

"지금 조사 중이다. 어떻게 할지는 결과를 보고 정할 거야."

"조사한 결과, 그가 오델 후작 쪽 사람이라면?"

"처리한다."

일말의 망설임도 없는 대답을 듣고 알리시아의 얼굴이 불안하게 흐려졌다.

불온한 공기가 가득 찬 가운데 엘릭스는 재차 질문을 거듭했다.

"날, 내쫓지 않아도 돼? 오델 후작은 아마도 또 암살자 형제를 보낼 거야. 나는 물론이거니와 이 집 사람들이…… 물론 너도 피해를 입을 우려가 있어."

사실, 요 전날 사이드가 기습했을 때 경비병이 몇 명이나 희생되었다.

그러나 카슈반은 불쾌한 눈초리로 엘릭스를 노려보며 되물었다.

"쫓겨나고 싶은가?"

"……그건 아니지만."

"그렇다면 여기 있으면 돼. 어차피 오델 후작 각하와 '날개의 기도' 교단은 늦든 이르든 나를 처리하고 싶다고 생각할 테니까."

자신을 향해서도 카슈반은 '처리한다'는 단어를 서슴없이 사용했다.

"일부러 사이드를 보냈다면 처음부터 저쪽이 노리는 표적은 네가 아니었다는 말이다. 사이드를 사용해 내게서 루아크라는 무기를 거둬들일 생각이었겠지. 지금 여기서 나간다고 해도 네 명줄만 재촉할 뿐이야."

그렇게 말하고 카슈반은 자리에서 일어섰다. 그런 카슈반을 올려다보며 엘릭스는 온화하게 웃었다.

"넌, 정말 좋은 녀석이야."

거기에는 아무 대답도 하지 않고 카슈반은 그새 또 접시를 비운 아내를 불렀다.

"방으로 돌아가자, 알리시아. 트레이스, 엘릭스를 방까지 데려다줘라."

명령받은 대로 알리시아도 '예' 대답하고 자리에서 일어섰다.

노라는 무슨 말인가 하고 싶은 듯했지만, 루아크의 모습이 사라진 이후로 카슈반의 기분은 매우 불안정하게 변했다. 조금 전에 실언을 한 탓도 있어서 흥하고 코웃음을 치고 끝냈다.

"레네, 일단 말해두지만 방까지는 오지 마라."

"명심하고 있습니다."

카슈반의 확인에 레네가 고개를 끄덕였다.

"자세한 이야기는 내일, 마님께 듣겠습니다."

"……알리시아. 너도 아무 말 마라."

옆에 있던 알리시아에게 입막음하는 말을 들으며 노라가 밉살스럽게 중얼거렸다.

"어차피 마님에게 여쭙는다 해도 기껏해야 재밌는 꿈을 꾸었다 정도만 말한다고요."

노라는 처음에는 경비병에게 부탁해 예의 비밀 통로에 침입해 주인 부부의 모습을 지켜보곤 했었다.

그러나 건전하기 짝이 없는 밤을 며칠간 무의미하게 감시한 결과, 너무 허무해져서 그 짓을 그만둔 상태였다.

"……정말이지, 여느 때라면 틀림없이 이 타이밍에 루……가 나와서 뭔가 말했었는데요. 정말 해 먹기 힘드네요……."

복잡한 심정으로 투덜거리는 노라의 목소리를 멀리서 들으면서 알리시아는 카슈반을 따라 2층으로 올라갔다.

알리시아를 데리고 방으로 돌아오자마자 카슈반은 후우 한숨을 내쉬었다.

엄격한 얼굴에는 피로한 빛이 짙었다. 영지 순회는 거의 나가지 않으니 체력적으로는 그렇게까지 지치지 않았을 터였다. 기다릴 수밖에 없는 상황이 천성에 맞지 않았기 때문이리라.

"카슈반 님. 루아크가 어디로 갔는지는 역시 아직 모르시나요?"

2인용으로 새로 들여놓은 침대에 오도카니 앉아서 알리시아가 말했다.

카슈반은 말없이 고개를 끄덕이고는 크게 숨을 내쉬었다. 그러고는 가까이 다가와 알리시아 곁에 앉았다.

"사이드라고 했던가. 그 녀석이 왔을 때에는 목격 정보가 있었지만 루아크가 나가는 장면을 본 사람은 없어. 세이그람에게는 일단 아는 부분만이라도 정리해서 보내 달라고 전령을 보냈지만, 레이덴 지방은 머니까."

"목격했다는 정보가 없다면 나간 척을 하고 아직 저택 안에 있지 않을까요? 그런 얘기를 읽은 적이 있답니다. 그리고 그림자에서 기…… 아."

결국 망상에 너무 힘이 들어가 버렸다. 그것을 인식한 알리시아는 풀이 죽어 얌전해졌다.

"……그럴 리 없겠죠. 루아크가 아무리 형님과 오델 후작님에게 명령을 받아도 저나 카슈반 님을 덮치다니. 엘릭스 님이나 레네를 상대로라면 만난 지 얼마 되지 않았으니 어떻게 해버릴지도 모르겠지만요."

알리시아의 어딘지 모르게 심한 말에도 이제는 익숙해졌다. 카슈반은 그렇군 맞장구를 쳤다.

"저택 안에 있을지도 모른다라, 아마도 그렇지는 않겠지. 저택 안을 샅샅이 뒤졌는데도 발견하지 못했으니까. 무엇보다 루아크의 기척이 저택 안에서 사라졌어. 목격한 정보가 없는 이유는 단순히 사이드보다 루아크 쪽이 실력이 위이기 때문이겠지."

벽 너머 비밀 통로를 꿰뚫어 보려는 듯이 카슈반은 눈을 가늘게 떴다.

"하지만 어둠 속에서 너나 나를 덮칠 가능성은 있어. 루아크에게 명령한 자가 정말로 사이드라는 남자라면 말이다."

뭔가 말에 뼈가 있는 듯한 어조에 드물게 알리시아는 한 가지 사실을 바로 알아차렸다.

"카슈반 님은 혹시 사이드를 아시나요?"

"……약간은. 발로이에게서 들은 적이 있어."

단어를 신중하게 고르는 어조로 카슈반은 이야기를 시작했다.

"이전에 트레이스가 말했듯이 루아크는 국왕과 '날개의 기도' 교단이 결탁해 만들려고 한 정예 부대 일원이었다. 형인 사이드도 같은 부대에서 훈련을 받았나 보더군."

그 말을 듣고 알리시아는 이 전날 본 사이드의 생김새를 뇌리에 그려보았다.

"분명히 겉모습은 루아크와 많이 닮았어요. 안경을 벗었더라면 저로서는 누가 누구인지 알 수 없었을 거예요."

"그렇군. 넌 안경을 쓰고 있어도 조금만 어두우면 나와 근처 기둥을 헷갈리니까."

카슈반은 남몰래 그때 일을 마음에 담아둔 모양이었다. 그 말을 나쁜 뜻 없이 무시하고 알리시아는 말을 계속했다.

"하지만 카슈반 님. 사이드가 루아크의 형이라고 해도 지금 루아크의 주인은 카슈반 님이에요. 루아크는 분명히 배신에 배신에 배신을 거듭한 암살자지만, 형에게 명령받았다고 해서 오델 후작님이 말한 대로 움직일까요?"

"……혈육 간에 일어나는 일은 제삼자는 모르는 법이다."

눈동자 깊은 곳에서 어두운 빛을 번뜩이며 카슈반은 낮은 목소리를 냈다.

"이 이상은 루아크에게 직접 물어야겠지."

아무렇게나 내뱉는 말을 듣고 알리시아는 기쁜 듯이 활짝 웃었다.

"카슈반 님은 역시 루아크를 좋아하시는군요."

"……왜 그렇게 생각하지?"

생각했던 반응과 달랐던 모양이었다. 의아한 얼굴을 하는 카슈반에게 알리시아는 방실방실 웃으면서 대답했다.

"그게 말이죠. 사이드와 관련된 일을 물어봐도 좋은지 어떤지 루아크 본인에게 허락을 맡으라는 말씀이시잖아요."

당황한 얼굴을 하는 카슈반을 바라보며, 알리시아는 자신의 체험담을 섞어 이야기를 꺼냈다.

"브라이언 님이 돌아가셨을 때, 저를 잘 알지 못하는 사람들이 여러 가지 소문을 흘려서 매우 곤란했답니다. 덕분에 '사신 공주'라는 별명이 붙기도 했고요."

"—그랬지."

커다란 손이 뻗어와 알리시아의 머리를 매만졌다.

그저 평상시처럼 머리를 쓰다듬는 정도로만 끝나리라고 생각했다. 하지만 그렇지 않았다.

"……카슈반 님……."

황갈색 머리카락을 사락 매만진 손이 그대로 한쪽 뺨을 감쌌다.

꺼끌꺼끌한 마른 손바닥은 검 때문에 생긴 굳은살이 두드러졌고 조금 거칠어서 결코 촉감이 좋다고는 할 수 없을 터였다. 실제로 알리시아는 또 '배가 아파 오기' 시작했다.

그런데 왠지 싫지 않았다.

좀 더 만져줬으면 하고 생각하기까지 했다.

"하지만 그 별명 덕분에 너는 나도 손을 뻗어볼 수 있는 존재가 되었지. 그런 의미에서 우리 결혼은 루아크 덕분이다."

가까이에서 중얼거리는 카슈반의 목소리가 멀게 들렸다.

"네게 있어서 다행이었는지 어떤지는 아직 잘 모르겠지만."

저릿해 오는 귀를 갑자기 찔러 들어오는 차가운 목소리.

뺨을 감싸고도 아직 길이가 남는 긴 손가락 끝이 목덜미의 얇은 피부를 희미하게 파고드는 것을 느끼고 알리시아는 깜짝 놀랐다.

"알리시아."

키스라도 할 듯 가까운 거리까지 카슈반의 얼굴이 다가왔다.

날카로운 눈동자 깊숙한 곳에, 노라나 트레이스를 두려워하게 할 정도의 어두운 빛을 가득 띤 채 물끄러미 알리시아를 바라보았다.

"나를 좋아하나?"

역시 차가운 목소리로 던진 질문에 알리시아는 영문을 모르는 채 고개만 끄덕끄덕했다.

"조…… 좋아…… 한답, 니다."

조금 전 엘릭스가 물었을 때와 똑같이 알리시아다운 솔직한 대답을 듣고 카슈반의 입가가 일그러졌다.

"좋아하느냐고 묻는 말에 좋아한다는 말을 들었는데도 비참한 기분이 들다니 참 이상하군."

"카슈…… 꺅!"

말하는 의미를 잘 모르겠어서 되물으려고 한 알리시아의 눈앞이 어두워졌다.

양어깨를 짓누르듯이 해서 카슈반이 갑자기 알리시아 위에 올라탔다.

"이상적인 서방님, 이라고. 다시 말해 네게 매우 유용한 남자라는 뜻이겠지."

그렇게 중얼거리는 카슈반의 얼굴은 촛대의 빛을 등지고 있다는 점을 고려해도 어둡고 험악해 보였다.

생각해보면 디네로의 저택에 묵었을 때도 이런 자세가 된 적이 있었다.

그러나 그때와 다른 점은 현재 카슈반은 마치 여유가 없는 사람처럼 보였다.

"……어이가 없군. 너는 돈으로 사들인 아내다. 그런데 왜 내가 비참한 기분을 느껴야 하지?"

자문자답하는 카슈반의 눈에 깃든 병든 광채.

그 빛을 본 순간, 알리시아의 뇌리를 스친 것은 바로 최근에 본 초상화 한 장이었다.

루아크가 있었던 비밀의 방 안쪽. 얼굴 부분이 찢겨나간 여자의 초상화와 나란히 있던, 카슈반과 똑 닮은 초상화의 남자.

죽어서도 계속 아들에게 어두운 그림자를 드리우는 레디오르 하르바스트. 카슈반의 아버지이자, 장미만을 바라볼 뿐 자신을 봐주지 않는 아내 지나에게 절망하고 죽여 장미 정원에 묻은 남자.

"카슈반 님, 저기…… 제가, 잘못 대답했나요? 그러니까 좋아하지 않는다, 사랑하고 있다고 말해야 하나요?"

레네가 한 말을 떠올리며 알리시아는 어떻게든 남편의 비위를 맞추려고 노력했다.

그것이 한층 더 거슬렸을까, 카슈반은 짧게 혀를 차고는 이렇게 내뱉었다.

"……아버지도 분명히, 이런 심정에서 지나를."

자기가 한 말에 한층 더 초조해진 듯, 뭔가를 털어내려는 듯이 크게 고개를 저었다.

"카슈반 님……."

"—귀찮군. 정말."

어둡고 낮은 목소리로 혼자 중얼거리더니 카슈반은 느닷없이 시선을 알리시아에게로 향했다.

그 쏘아보는 강한 시선에 옴짝달싹 못 하게 된 순간, 달콤하고 씁쓸한 '배가 아픈' 감각이 사라졌다.

그러면서도 사지는 카슈반의 시선에 속박된 것 같아서, 알리시아는 꼼짝도 할 수 없었다.

"카슈반 님…… 무, 무엇을…… 하시려고요……."

"레네가 참고할 수 있도록 나랑 러브러브하고 싶잖아? 상냥하신 마님."

짓궂게 입술 끝을 끌어 올리고 일부러 '마님'이라고 부른 카슈반의 손이 알리시아에게 뻗어왔다.

"상당히 일방적인 러브러브가 될지도 모르겠지만, 모처럼 온 기회다. 이대로."

그러나—.

"제게 신경을 써주시려는 때에 매우 죄송합니다, 강공작 각하."

전조도 없이 들려온 레네의 목소리에 카슈반도 알리시아도 펄쩍 뛰어올랐다.

"뭐, 뭐, 뭐냐, 레네. 오지 말라고 했는데……."

진짜로 레네의 접근을 알아차리지 못한 듯 카슈반의 목소리가 약간 쉬어 있었다.

충격으로 급격히 일어난 어두운 감정도 다 날아가 버렸는지,

자리에서 일어선 카슈반의 얼굴은 여느 때의 그로 돌아와 있었다.

알리시아도 놀란 기세에 사지의 주박이 풀려 왠지 안심하고 침대 바로 옆에 선 레네의 말에 귀를 기울였다.

"죄송합니다. 하지만 저 이외에 초대받지 않은 손님이 접근하는 것 같습니다."

"……뭐라?"

미간을 찡그린 카슈반에게 레네는 담담하게 보고했다.

"경비병에게 일단 보고는 했습니다만, 제 말에는 움직여주질 않더군요. 억지로 초야를 맞이한 부부의 엇갈림과 화해, 참고하고 싶은 마음은 굴뚝같습니다만, 이대로는 한창일 때 적에게 습격당할 수 있기에 본의 아니게 방해하게 되었습니다. 무엇보다 그것에 한창 몰입한 인간은 극단적으로 무방비하니까요."

"알았다. 그 얘기는 이제 됐어. 그보다 적이라고?"

필요한 부분만을 되물은 카슈반을 앞에 두고 레네의 손이 재빠르게 움직였다.

"정말로, 죄송합니다. 두 분을 오래 지켜보던 탓에, 보고가 너무 늦어진 모양입니다."

소리도 없이 손안에 나이프를 출현시킨 레네의 뒤를 이어 한 박자 늦게 카슈반도 자신의 검을 쥐었다.

"알리시아. 물러나 있어."

"에, 그게…… 하지만 적병이라니. 설마……."

카슈반이 재촉하는 대로 방구석으로 가려는 알리시아의 눈앞을 은색의 뭔가가 스치고 지나갔다.

"오랜만이네. 다들."

은색 머리카락. 녹색 눈동자.

이전보다 조금 야윈 듯 보이는 작은 체구의 소년이 소리도 없이 실내에 출현했다.

"루아크!"

기묘하게 그립게 보이는 모습을 본 순간, 알리시아는 저도 모르게 루아크에게 달려가려고 했다.

카슈반에게 받은 심문 때문인가, 루아크의 드러나 있는 어깨와 양팔에는 몇 개인가 붉은 자국이 남아 있었다. 그러나 애처로운 모습과는 정반대로 루아크는 기묘한 무표정을 유지하고 있었다.

"루아크, 괜찮…… 앗!"

재빨리 움직인 카슈반과 레네가 무모한 행동에 나선 알리시아의 앞을 가로막고 섰다.

"비밀 통로는 출입구를 막아놨을 텐데. 경비를 세워놔도 널 상대로는 무의미한가?"

경비를 죽였나, 암암리에 묻는 카슈반에게 루아크는 작게 고개를 저었다.

"비밀 통로는 참 편하지. 하지만 그런 것이 없어도 난 어디에라도 숨어들 수 있어."

거기까지 말하고는 루아크는 의미심장하니 옅게 웃었다.

"그렇게 훈련받았으니까. 알잖아? 카슈반 형님."

"……그렇지."

카슈반은 발로이에게 루아크의 경력을 알아보라고 시켰었다.

그런데도 루아크를 저택에 놔두었다. 그런 카슈반의 험악한 얼굴을 보면서 루아크는 여느 때처럼 바늘 형태 무기를 거머쥐었다.

카슈반도, 레네도 그 행동에 이끌리듯이 각자 무기를 고쳐 쥐었다.

"루아크, 그리고 카슈반 님도 레네도 그만두세요! 카슈반 님, 루아크를 좀 더 마음이 풀리실 때까지 심문해도 좋으니까 제발 죽이지 마세요!"

어쨌든 최악의 사태만은 피하고자 알리시아는 그렇게 외쳤다. 그런 알리시아의 귀에 멀리서 나는 비명이 들렸다.

알리시아는 깜짝 놀라서 저도 모르게 귀를 바짝 세웠다. 하지만 그러지 않아도 몇 명인가가 싸우는 소음도 또렷하게 들렸다.

"사이드 형도 엘릭스 씨에게 간 모양이네."

눈동자를 한순간 방 밖으로 향하면서 루아크가 짧게 상황을 설명했다.

"엘릭스 님에게!"

전날, 사이드의 기습은 위협 정도로 엘릭스를 찌르고 모습을 감추는 데에서 그쳤다.

그러나 이번에는 루아크도 함께 둘로 나뉘어 습격해왔다.

이번에는 협박 정도로 끝나지 않겠지.

"큰일이에요, 카슈반 님! 엘릭스 님이 살해당할 거예요!"

"……혹은 이미 살해됐겠지. 자칫하면 우리도 살해될 상황이라고."

눈앞에 든 검을 움직이지 않고 카슈반은 루아크를 추궁했다.

"뭐가 목적이냐, 루아크. 날 죽이는 건가."

"그렇게 하란 말을 들었거든."

"안 돼요!"

단호하게 알리시아가 거부했다.

"알리시아, 조금 떨어져 있어. 이제 대화로 해결할 상황이 아니야."

얼굴만 돌려 카슈반은 그렇게 말하고는 바로 루아크에게로 시선을 되돌렸다.

"루아크. 알리시아에게는 손을 대지 마라. 이 녀석은 오델 후작과 마찬가지로 지방백의 피를 이은 사람이야."

"……글쎄에. 주인님에게 의견을 구해보지 않고서 나로서는 판단할 수 없어."

어딘가 될 대로 되라는 식의 어조로 말하고 루아크는 입술에 옅은 미소를 띠었다.

"그 사람 밑에서 일하면 편하다고, 형님. 생각 같은 걸 하지 말라고 말해주니까."

"편해……."

"생각하니까. 내게 생각하는 머리가 달려 있으니까 망설이는 거야. 생각하지 않으면 편해. 무척 편해."

"거짓말!"

반사적으로 알리시아의 입을 뚫고 나온 말에 자리에 있던 전원이 주목했다.

"루아크는 언제나 즐거운지 즐겁지 않은지로 모든 일을 결정해왔어요. 편하기 때문이라니……. 편해서 좋다면 카슈반 님은 적이 많아서 무척 고생스러웠을 거예요. 거기에 돈도 지급하지 않았는데 왜 여기 있었죠?"

루아크는 대답하지 않았다.

표정도 바꾸지 않았다.

대신 움직인 것은 애용하는 무기를 거머쥔 하얀 손가락이었다.

금속이 서로 맞물리는 귀에 거슬리는 소리가 울려 퍼지며 강렬한 독침의 일격을 겨우 막아낸 카슈반의 얼굴이 일그러졌다.

"루아크, 그만둬요!"

대화에 응할 생각은 없는 듯했다. 일방적으로 전투를 시작한 루아크에게 알리시아는 또다시 외쳤지만 루아크의 기세는 멈추지 않았다.

"제길! 이……."

좁은 실내라는 점도 있어서 카슈반의 검은 다소 움직임이 둔했다. 오른쪽으로, 왼쪽으로 놀라운 속도로 왔다 갔다 하는 루아크의 침의 궤도를 바꾸는 정도가 고작이었다.

하물며 루아크의 무기에는 비료불요초의 독에서 추출한 독이 발라져 있다.

살짝 피부를 스치기만 해도, 즉사까지 가지는 않아도 전신의 자유를 빼앗길 위험이 있다.

"카슈반 님!"

알리시아의 외침도 허무하게 루아크는 눈 깜짝할 사이에 카슈반의 품안으로 파고들었다. 이 거리에서 긴 무기를 휘두르기란 불가능했다.

어쩔 수 없이 카슈반은 검을 버리고 싸움을 육탄전으로 끌고 가려고 했다. 그런 카슈반의 앞에서 갑자기 루아크가 물러났다.

"레네."

놀란 카슈반을 곁눈으로 바라보며 루아크의 옆구리에 나이프 끝을 갖다 댄 레네가 조용히 말했다.

"루아크, 라이센 강공작 부부에게는 손댈 수 없습니다. 제가 상대해드리죠."

"레네 그만둬라. 루아크의 실력은 아마 나나 너보다도 위다. 이 녀석이 진심으로 덤빈다면 죽을 거야."

"그렇겠죠. 하지만 당신이 도망칠 정도로는 시간을 벌 수 있을 겁니다."

내던지려던 검을 바로잡고 충고한 카슈반에게 레네는 조용한 목소리로 담담하게 대답했다.

"당신은 제게 부부의 모습을 가르쳐줄 중요한 모범이며, 발로이 님 제자인 동시에 그분 돈줄입니다. 알리시아 님은 물론 강공작 각하도 살아남아 주시지 않으면 발로이 님이 곤란합니다."

"……목숨을 바쳐서라도 돈줄을 지켜라. 그것이 발로이의 명령인가."

눈썹을 찡그린 카슈반이 묻자 레네는 아니라며 고개를 저었다.

"발로이 님은 제 미래의 남편. 현재는 제 전부입니다. 그분의 도움이 되는 것이, 제게는 무엇과도 바꿀 수 없는 기쁨입니다."

"그렇죠. 서방님을 지키는 것이 아내의 역할이에요."

이 상황에서 솔직하게 레네에게 동의한 알리시아에게 카슈반은 여러 가지 의미로 괴로운 얼굴을 했다.

"……이 녀석도 저 녀석도."

그렇게 중얼거렸을 뿐 카슈반은 물러날 기미를 보이지 않았다. 그것을 곁눈으로 지켜보며 루아크는 지루한 얼굴을 했다.

"뭐, 어느 쪽이든 좋으니까 덤비라고."

"그럼 제가. 두 분은 먼저 도망치세요."

짧게 대답한 레네의 모습이 알리시아의 시야에서 사라졌다.

"레네, 루아크. 안 된다니까요! 레네, 나중에 카슈반 님과 엄청나게 러브러브하는 모습을 보여줄 테니까 그만둬요!"

"……무슨 얘기야."

순간, 루아크는 여느 때 표정으로 돌아온 듯 보였다.

그러나 한편으로 손에 들린 은색 침이 레네의 왼팔 살을 긁어내며 핏방울을 사방에 흩뿌리고 있었다.

"레네!"

비명을 지르는 알리시아의 앞에 레네가 다시 모습을 나타냈다. 그러나 피투성이가 된 왼팔을 감싸려고도 하지 않고 또다시 바람이 되었다.

알리시아가 알 수 있는 것은 짧게 바닥을 차는 소리와 무기끼리 부딪치는 소리뿐이었다. 두 사람 움직임은 도저히 쫓아갈 수 없었지만, 그래도 전황은 명백했다.

루아크는 너무 강했다.

손에 쥔 두 자루 침을 자유자재로 번뜩이며 처음 나타난 장소에서 거의 움직이지 않고 레네의 공격을 받아내고 있었다. 몇 번인가 레네가 튕겨났고, 그때마다 주변 벽이나 바닥에 붉은 무엇인가가 튀었다.

"……알리시아. 너만이라도 도망쳐라."

낮게 중얼거린 카슈반도 가세할 틈을 노리는 것 같았다. 그러나 도와주러 들어갈 틈을 쉽게 잡지 못하는지 검을 쥔 채 눈만 바쁘게 움직이고 있었다.

"하지만 카슈반 님. 문 쪽으로 가면 말려들 것 같아요……. 아아, 레네, 너무 움직이면 안 돼요. 독이 빨리 돌 거예요!"

"그럴 걱정은 없어."

그렇게 말한 루아크의 팔이 한층 크게, 강하게 움직였다.

"우왓……!"

처음으로 고통스러운 소리를 낸 레네가 벽에 처박히더니 그대로 주르륵 바닥으로 무너져 내렸다.

레네의 손에서 떨어진 은색 나이프를 루아크는 재빨리 방 반대편으로 걷어찼다.

"독으로 죽을 사람이었다면 처음에 공격당한 시점에 이미 죽었어. 나도 그렇지만."

레네의 앞을 가로막고 선 루아크의 말을 듣고 알리시아는 한 가지 사실을 눈치챘다.

"……루아크, 그거, 꽤 아프죠……."

레네도 그냥 당하지만은 않았던 모양이었다. 루아크의 드러난 팔 여기저기에는 나이프에 베인 상처가 났는데, 일부는 깊게 찢어져서 신선한 붉은 피를 뿜어내고 있었다.

그런 상태가 되어도 루아크의 표정은 실내에 나타났을 때와 달라지지 않았다. 자신의 것인지, 레네의 것인지 알 수 없는 혈흔을 새하얀 뺨에 묻힌 채로.

"우리 '장난감 군대'는 비료불요초니 뭐니에서 추출한 독을 이용해 싸울 때가 많았거든. 당연히 그 독으로 죽는 얼빠진 상황이 발생하지 않도록 제대로 훈련을 받았어."

"장난감 군대."

모르는 단어에 알리시아는 신기한지 그 말을 반복했다. 그런 알리시아보다 검을 쥔 채 움직이지 않는 카슈반을 보며 루아크는 말했다.

"그래. 아아, '날개의 기도' 교단 사람들에게는 '날개의 수호'라고 불리는 일이 많았던가? 그것도 발로이 아저씨에게 들었을까? 형님은."

"……글쎄."

"뭐, 아무래도 좋아. 어차피 지금은 없는 조직 이름이니까."

루아크가 별 관심 없는 듯이 말하는 걸 들으며 카슈반은 힐끗 어깨를 떨며 숨을 쉬는 레네를 쳐다보았다.

"레네도, 너와 같은가. ……발로이 녀석. 널 방해꾼 취급하고서는 자기도 전직 암살자를 곁에 두고 있었을 줄이야."

카슈반도 이미 레네의 비상식적인 움직임 등을 보고 루아크와 유사한 점을 눈치챈 모양이었다. 그러나 발로이 용병단에 속했다는 사실 때문에 루아크와 같은 부대 출신이라는 사실에는 생각이 미치지 못했던 것 같았다.

"그런 것 같네. 의외로 살아남은 사람이 꽤 많은가 봐. 하긴 돈과 수고를 들여 키워낸 인재니 입막음을 하려고 무턱대고 죽이기에도 아깝다고 생각했겠지?"

루아크는 바닥에 엎드린 레네에게 시선을 주었다.

"하지만 약하네. 사실, 좀 더 한 가닥 할 거라고 생각했었는데."

시시하다는 듯이 말하고 나서 루아크는 바로 시선을 정면으로 되돌렸다.

레네에게 달려가려던 알리시아와 그런 아내를 손을 뒤로해 제지하는 카슈반을 보고 희미하게 웃었다.

"아아 진짜, 난 정말로 강하다니까."

웃는 사신 소년의 손이 완만하게 올라갔다.

독침을 한 손에 쥔 루아크는 짐짓 젠체하는 동작으로 경례를 해 보였다.

"그럼, 강공작 카슈반 라이센 각하. 삼가 솜씨를 구경해볼까요."

알리시아에게는 생긋 웃은 루아크의 윤곽이 흔들린 것처럼 보였다. 은색 바람으로 변한 루아크의 몸이 카슈반을 노리고 돌진했다.

"……젠장!"

불쾌한 금속음을 내면서 필살의 일격을 받아낸 카슈반이 힘에 밀려서 한 발짝 물러섰다.

신장과 체격에 축복받은 남편이 단순한 완력에서 밀리는 것을 알리시아는 처음으로 보았다.

"루아크, 카슈반 님. 그만두세요!"

"물러나 있어, 알리시아. 떨어져!!"

그렇게 고함친 카슈반은 양발을 벌리고 자세를 바로잡았다. 그리고 루아크를 밀어내고 바로 공격으로 전환했다.

두 번, 세 번 체중을 실어 검을 내리칠 때마다 루아크는 그것을 손에 든 침으로 받아 내거나, 흘려버렸다.

그때마다 레네에게 입은 상처가 벌어져 피가 주위에 튀는 것을 보고 알리시아는 허둥댈 수밖에 없었다.

그러나 루아크가 한번 공격을 시작하면 침이 스친 시점에서 승부가 나버릴지도 모른다. 이대로 방어전으로만 계속 가면 좋겠다고, 지금 즉시 항복해주었으면 좋겠다고 알리시아는 그렇게 빌 수밖에 없었다.

"루아크. 왜 제 실력을 내지 않지?"

겉으로 보기에는 현재 카슈반이 공격하고 루아크가 방어하는 형국이었다. 원래부터 어른과 어린아이의 싸움이었으므로 모르는 사람이 보면 카슈반이 일방적으로 싸움의 주도권을 쥐고 있다고 생각하리라.

그러나 카슈반에게는 위화감이 느껴지는 모양이었다. 대답하지 않는 루아크를 가차 없이 몰아세우면서 도발하듯이 낮은 목소리로 물었다.

"아니면 날 상대로는 진심이 될 수 없는가."

"—너무 자만하지 말라고, 카슈반 형님. 전에 겨뤘을 때도 내가 일부러 져준 거, 눈치챘잖아."

처음 만났을 때 일을 입에 올린 루아크의 눈이 날카롭게 빛났다.

"내게 형님이라고 불릴 정도의 남자야. 제대로 된 인간이 아닌 주제에 다 아는 척하는 얼굴을 하는 점이 딱 질색이라고!"

은색 섬광이 번뜩이고 두 사람의 움직임이 멈추었다.

강하게 바닥을 차고 앞으로 한 걸음 내디딘 루아크의 손에서 뻗어 나간 독침이 카슈반의 왼쪽 가슴에 박혀 있었다.

"카슈반 님!"

비명을 지른 알리시아가 바라보는 가운데, 카슈반은 한순간 움직임을 멈추었다.

무표정하게 그를 올려다보던 루아크는 슥 발을 되돌리며 침처럼 생긴 무기를 빼냈다.

카슈반의 손에서 검이 떨어지고 그를 쫓듯이 커다란 몸이 바닥에 무너져 내렸다. 그 모습을 알리시아는 숨을 멈추고 그저 지켜보고만 있었다.

"……윽, 루아크, 이 자식……!"

고통에 얼굴을 일그러뜨린 카슈반은 어깨와 가슴을 심하게 위아래로 움직였다.

아직 그는 살아 있었다. 체내에 들어온 독과 싸우는 것이다.

하지만 그 싸움이 언제까지 계속될지는 알 수 없었다.

"기다리세요, 카슈반 님. 바로 제 요리를 가져오겠어요! 괜찮습니다. 카슈반 님 체격이라면 잔뜩 먹어서 몸에 익숙해지게 하면……!"

"진정해, 알리시아. 독을 맞은 후에 몸에 익숙하게 해봐야 의미가 없잖아."

냉정하게 말한 루아크가 카슈반을 찌른 침을 거머쥐고 알리시아에게 한 걸음 내디뎠다.

"그만둬, 알리시아에게 손대지 마라……!"

카슈반은 한 손을 바닥에 대고 일어서려 했지만 불가능했다.

알리시아는 이름을 외치는 것 이외에 말을 잇지 못했다. 그런 알리시아에게 루아크는 놀리듯이 웃어 보였다.

"어때? 알리시아. 아무리 알리시아라도 내가 싫어졌을까?"

알리시아는 어깨를 가볍게 떨며 뭔가 대답하려고 했다. 그때였다. 방문이 요란한 소리를 내면서 열렸다.

건너편에서 실내를 들여다보는 얼굴에 알리시아는 놀란 소리를 냈다.

"사이…… 꺄악!"

눈 깜짝할 사이에 눈앞까지 다가온 사이드의 팔이 알리시아의 허리에 감겼다.

저항할 틈도 없이 사이드가 알리시아를 짐처럼 어깨에 들쳐 맸다. 아내의 모습을 보고 카슈반이 목소리를 쥐어짰다.

"알리시아!"

"카슈반 님!"

머리를 밑으로 한 자세로 들쳐 메어졌기 때문에 숨은 막히지, 안경은 벗겨질 것 같지 난리도 아닌 상황이었다.

그래도 알리시아는 열심히 남편을 향해 외쳤다.

"카슈반 님! 움직이시면 안 돼요! 독이 빨리 돌 거예요!"

아내가 하는 말을 듣지 않고 카슈반은 어떻게든 몸을 일으켰지만, 일어서지는 못했다.

검을 쥔 손도 경련을 일으키고 있어서 힘이 들어가지 않는 모양이었다. 그러나 암살자 형제를 노려보는 눈에는 강한 빛이 담겨 있었다.

"루아크. 라이센 강공작의 숨통을 끊어놔라."

바닥에 무릎을 꿇은 카슈반을 보며 바로 사이드가 명령했다.

"루아크!"

초조함이 담긴 두 번째 부름에도 루아크는 말이 없었다.

그러자 사이드는 터벅터벅 루아크에게 다가오더니 소리가 나도록 뺨을 한 대 후려갈겼다.

사이드의 어깨를 타고 전해지는 둔한 진동에 알리시아는 놀라서 소리를 질렀다.

"사이드, 뭐 하는 거예요?! 루아크는 카슈반 님을 찌를 정도로 당신을 좋아한다고요!"

알리시아와는 반대로 얻어맞은 루아크 본인은 소리 하나 내지 않았다.

눈썹을 찌푸리며 다시 한번 손을 들어 올린 사이드의 움직임이 멈추었다. 퍼뜩 뭔가를 알아차린 듯이 방 밖으로 눈길을 준 그를 보고 루아크는 어깨를 움츠리며 말했다.

"타임아웃이네. 경비병들이 모여들었나 봐."

루아크의 말을 증명하듯이 저택 안에 배치했던 경비병이 바닥을 거칠게 차면서 달려오는 소리가 들려왔다.

"이대로라면 도망칠 수 없어. 어떻게 할까?"

루아크의 질문에 사이드는 다시 한번 숨을 내쉬고는 말했다.

"—후퇴한다."

[제4장] 이 세상에 오직 두 사람뿐

작은 창문 건너편으로 보이는 경치가 점차 선명한 색채를 띠어갔다. 어두침침하게 하늘을 덮었던 회색 구름이 점차 옅어지고, 눈부시도록 밝은 푸른 하늘이 드러났다.

초여름이라는 시기를 맞이해 한층 새카매진 아즈베르그 지방의 어두운 숲을 빠져나와 이동하고 있다는 증거였다.

달리 어떻게 하지도 못하고 알리시아는 심하게 흔들리는 작은 마차 안에서 점차 바뀌는 바깥경치를 바라보고 있었다.

"미안해, 알리시아. 계속 마차에 갇혀 있어서 엉덩이가 아프지는 않아?"

옆에 앉아 있는 루아크의 말에 알리시아는 고개를 저었다.

"아니, 괜찮아요."

시대에 뒤처진 풍성한 장식 덕분에 알리시아의 드레스에는 주름이 무척 많이 잡혀 있었다. 그것을 겹쳐서 엉덩이 밑에 쑤셔 넣는다는 예의에 어긋나는 짓을 했기 때문에 딱딱한 의자에 앉아 장시간 흔들려도 그렇게까지 힘들지는 않았다.

하지만 지금 문제는 그런 것이 아니었다.

라이센 저택에서 억지로 끌려 나온 후로 얼마나 지났을까. 도중에 꾸벅꾸벅 졸았기 때문에 정확하지는 않지만 하루는 충분히 지났을 터였다.

좁은 마차 안에서는 구속하고 있어도 무의미하다고 생각했을까. 알리시아는 묶이거나 하지는 않았다. 인적이 없는 길을 골라 달리기 때문인지, 재갈 등으로 입을 막지도 않았다.

그러나 알리시아의 곁에는 항상 루아크가 붙어 있었다. 일단 알리시아는 도망치려고 시도해보기는 했지만 그때마다 매우 손쉽게 잡히고 말았다.

알리시아는 상황 변화에 거스르지 않자는 주의다. 이미 마차에서 도망치는 행위는 거의 포기하고 있었다.

그러나 할 수 있는 일은 해보자는 주의이기도 했다. 우선 루아크에게 가장 신경이 쓰였던 점을 솔직하게 물었다.

"우리, 어디로 가고 있죠?"

"어디로 간다고 생각해?"

놀리는 것 같지는 않은, 단순히 알리시아의 말을 반복할 뿐인 말에 알리시아는 조금 생각한 후에 대답했다.

"오델 후작님에게 가나요?"

그 이름에 반응한 자는 루아크 맞은편에 앉아 줄곧 눈을 감고 있던 사이드였다.

"알리시아 님. 죽고 싶지 않다면 그 이름은 입에 담지 않는 편이 좋아."

녹색 눈동자를 뜨고 그렇게 말한 사이드에게 알리시아는 물었다.

"왜요?"

"……루아크. 조용히 시켜라."

사이드는 한마디, 동생에게 명령했다.

"알리시아, 입 다물어."

루아크가 경박한 소리 한마디 하는 일 없이, 형이 한 지시를 반복했다. 그런 루아크에게 알리시아는 점점 더 당혹감을 느꼈다.

"저기, 루아크. 어떻게 되었어요. 이상해요. 평상시 루아크가 아닌 것 같아."

"나, 카슈반 형님을 배신하고 한창 알리시아를 납치하는 중인데, 이상하다고 한다면 이미 거기서부터 이상했지."

빙 둘러 말하는 방식은 여느 때 루아크였다. 그러나 표정을 바꾸지 않고 중얼거리는 목소리에는 루아크다운 기색이 전혀 담기지 않았다.

마치 레네가 돼버린 것 같아. 그렇게 생각하면서 알리시아는 질리지도 않고 노골적인 질문을 던졌다.

"루아크는 그렇게 카슈반 님보다 진짜 형이 좋아요?"

"세상에서 단 한 명뿐인 혈육이니까. 사이드 형이 명령하면 몇 번이고 카슈반 형님을 배신하고 알리시아를 납치할 거야."

"그렇죠. 저도 돌아가신 어머님과 아버님을 지금도 매우 좋아해요. 만약 두 분이 꼭 그렇게 하라고 한다면 카슈반 님을 배신하고 저를 납치할지도 모르겠네요……."

진지한 얼굴로 불가능한 소리를 늘어놓고 나서 알리시아는 잠시 생각에 잠겼다. 그러고는 이번에는 사이드에게 제안해보았다.

"저기, 사이드. 오델 후작님이 얼마나 되는 가격으로 당신을 고용했는지 가르쳐줄래요? 제 서방님도 상당히 부자예요. 최근에는 부자를 피후견인으로 두기도 했으니까 돈이 필요하다면."

"라이센은 이미 죽었다."

여러 말 늘어놓지 않고 사이드는 알리시아의 권유를 가로막았다.

"루아크에게 찔렸어. 당신도 봤을 텐데?"

"하지만 루아크는 결정타를 날리지는 않았잖아요?"

납치되기 전 광경을 떠올리면서 알리시아는 순진하게 되물었다.

"루아크가 독침을 사용한 줄은 알아요. 하지만 카슈반 님, 체구가 커서 전신 마비 정도로 끝날지도 모르는걸요."

"……뭐라고?"

알리시아의 발언에 익숙하지 못한 사이드는 묘한 생물을 보는 눈을 했다.

"제 남편은 매우 강한 사람이에요. 거기에 저는 그분의 아내랍니다. 무슨 일이 있어도 카슈반 님을 믿어요."

카슈반이 독침에 찔린 순간을 떠올리자 전신의 체온이 내려가는 기분이 들어, 알리시아는 몸을 약간 떨었다.

동시에 돌아가신 부모님을 떠올렸다. 페이트린의 겨울은 그렇게 혹독하지 않다. 그러나 몸이 안 좋아진 두 분은 평상시 고된 생활이 계기가 되어 순식간에 침대에서 일어날 수 없는 몸이 되고 말았다.

이른 단계에서 이미 죽을 때를 각오하고 있었으리라. 먹어도 소용없다며 값비싼 약도 거부했고, 꼴사납다며 다른 집에서 돈을 빌리지도 않았다.

'알리시아. 그것보다 오르간 연습을 하세요. 다른 집 아가씨들이 추워서 손가락이 움직이지 않는다면서 게으름 피우는 지금이 절호의 기회니까'라는 말을 하며, 두 사람을 걱정하던 알리시아를 그때마다 부모님의 방에서 쫓아내곤 했었다.

부모님은 죽었다. 알고 있다. 후견인인 헤이스덤은 떫은 얼굴을 하면서도 돈을 마련해 장례를 치렀다.

어느새 부모님 꿈을 꾸며 베개를 눈물로 적시는 일도 줄었고 혼자뿐인 저택 생활에 익숙해졌다. 그래도 가난 한가운데에서도 알리시아에게는 즐거운 일뿐이었던, 부모님과 함께 지내던 나날을 잊어버리진 않았다.

잃어버린 날은 두 번 다시 돌아오지 않는다.

하지만 라이센 가에 시집을 와 카슈반의 아내가 되었다. 알리시아의 주변에는 다시 떠들썩한, 조금은 지나치게 떠들썩할 정도인 목소리들이 되돌아왔다.

"제게도 카슈반 님은 세상에서 단 하나뿐인 가족인걸요. 돌아가신 모습을 볼 때까지 그분은 아직 살아 계세요."

어느새 루아크도 알리시아의 말을 잠자코 듣고 있었다.

그런 동생의 얼굴을 보고 부아가 치미는지 가볍게 혀를 찬 사이드는 천천히 루아크의 목덜미를 잡아 올렸다.

가볍게 눈을 크게 떴지만 루아크는 거스르는 기색 없이 사이드가 하는 대로 잠자코 있었다.

"루아크. 왜 라이센에게 결정타를 꽂지 않았지?"

"경비병이 왔으니까."

간결한 대답에 사이드는 뺨을 때리는 것으로 대답했다.

"루아크!"

레네에게 당한 루아크의 상처에는 조잡한 붕대를 감는 등 일단 응급 처치는 해놓았다. 그러나 아직 상처가 완전히 아물지는 않았고 또 카슈반에게서 심문을 받아 난 상처 자국도 아직 남아 있었다.

그렇지 않아도 흔들리던 마차가 충격으로 한층 심하게 덜컹거렸다. 진동에 흔들흔들하면서 알리시아는 그것을 막으려고 일어섰다.

"사이드, 그만두라니까요!"

가까운 벽에 기대 일어서는 알리시아를 사이드는 차갑게 바라보며 말했다.

"당신의 의미를 알 수 없는 이야기를 듣고 있으면 루아크가 생각을 하게 돼."

사이드의 손이 올라갔다.

"우리에게 머리는 필요 없어."

그 손이 그대로 방금 루아크에게 했듯이 알리시아를 내려치려 했다. 그 행동을 옆에서 뻗은 손이 붙잡아 멈췄다.

"그만둬, 형. 알리시아에게 손을 대면, 안 돼."

한 손으로 형을 제지하고 다른 한 손으로 알리시아에게 앉으라고 지시하면서 루아크는 피가 밴 입술로 중얼거렸다.

"고용주 의향을 아직 모르잖아. 섣불리 손을 대면 형님이 야단맞을 거야."

눈을 가늘게 뜨고 루아크를 노려본 사이드는 자신을 멈추려고 뻗은 알리시아의 손을 뿌리쳤다.

"—흥. 아주 영악한 말을 하는구나."

그렇게 말하고는 다시 자리에 앉아 팔짱을 꼈다.

"스스로 잠자코 있을 수 없다면 강제로 입을 다물게 하는 수밖에."

우선 원래의 자리로 돌아온 알리시아를 노려보며 사이드는 명령했다.

"의미는 알았겠지. 당신뿐만이 아니야. 루아크가 같이 얻어맞는 게 싫다면 말을 듣는 편이 좋을걸. 그러니 잠자코 앉아 있도록."

"⋯⋯알았어요."

순순히 고개를 끄덕인 알리시아는 옆에서 입술의 피를 닦고 있는 루아크를 힐끗 보았다.

"루아크⋯⋯ 아."

바로 약속을 깨버린 알리시아가 말하고자 하는 바를 알아차린 루아크는 작게 웃었다.

"괜찮아. 난 강하니까."

그것을 끝으로 마차 안은 침묵으로 가득 찼다.

알리시아 일행은 마차를 몇 번이나 갈아타면서, 알리시아의 생각으로는 대충 나흘쯤 달렸다. 그런데 달빛이 쏟아지는 가운데 도착한 곳은 매우 의외의 장소였다.

"음, 그러니까…… 이곳은, 바스틀가 저택이네요."

지금으로부터 약 1년하고 조금 더 전에 있었던 일이었다. 당시 숙부인 헤이스텀이 말하는 대로 예장을 갖춘 기사들이 지키는 마차를 타고 도착했던 저택. 그곳에 지금 또다시 마차가 멈추었다.

1년 전과는 달리, 알리시아가 끌려온 곳은 말라버린 오래된 우물 외에는 눈에 띄는 것이 없는 쓸쓸한 후원이었다. 그러나 불쾌할 정도로 돈을 처들인 건물의 구조는 이곳에서도 잘 알 수 있었다.

지방백의 딸을 신부로 살 수 있을 만큼 바스틀가가 지닌 재력은 상당했다. 오래된 명문가가 선호할 법한 저택이었다. 날개를 펼친 하얀 새에 비유되는, 좌우로 펼쳐진 형태를 구현한 저택은 웅장하고 아름다웠다. 알리시아의 생가와 비슷한 구조면서도 전혀 달랐다.

"변함없이 부잣집이라는 느낌이 드는 저택이네요. 어머, 하지만 왜 여기로? 이곳에 오델 후작님이 계시나요?"

주변을 둘러보면서 질문하는 알리시아에게 사이드도 루아크도 역시 대답하지 않았다.

잠자코 있으라는 말은 들었지만 떠들어도 좋다는 말은 듣지 못했다. 때문에 알리시아는 마차 안에서는 가능한 한 참고 있었다.

그러나 결국 참을 수가 없어서 루아크에게 소곤소곤 물어보았다.

"저기, 루아크. 저…… 사이드는 엘릭스 님을 죽였나요?"

카슈반을 너무 걱정한 나머지, 잠시 동안 비정하게도 엘릭스의 존재 자체가 머릿속에서 날아갔었다.

그러나 암살자 형제가 모여서 기습한 그 날, 사이드는 엘릭스를 습격했을 것이다.

이 저택 주인일 터인 엘릭스는 대체 어떻게 되었을까.

"……글쎄."

모호하게 대답한 루아크를 두고, 사이드는 저택 밖으로 나가버렸다.

"루아크, 사이드가 가버렸어요."

"그러네."

"우리 어떡하면 좋죠? 도망쳐도 되나요?"

"글쎄."

적당한 대답만 반복하는 루아크와 무의미한 문답을 주고받는 사이, 사이드가 재빨리 돌아왔다. 누군가와 만나고 온 모양이었다.

"루아크. 알리시아 님을 어떻게 할지가 정해졌다. 처리해라."

입을 열기가 무섭게 나온 그 한마디에 알리시아는 눈을 동그랗게 떴다.

그 옆에서 루아크도 작게 숨을 삼키는 것을 알 수 있었다.

"……어라? 그런 얘기였던가? 엘릭스 님과 결혼시키는 게 아니라?"

"어머, 엘릭스 님, 살아계시는군요? 다행이다."

생각 없이 기뻐하는 알리시아의 얼굴을 사이드는 화가 치민다는 듯이 보고서, 최대한 루아크만 바라보며 말을 이었다.

"고용주의 명령이다. 살려둬서 장기 말로 삼기보다 죽여서 라이센 가에 손해를 입히라는 뜻이다."

쌀쌀맞게 말한 사이드의 손에 나이프가 출현했다.

"잠깐만."

입에 담은 '처리'를 실행하려는 사이드를 루아크가 말렸다.

"알리시아가 전에 말했듯이, 카슈반 형님은 살아 있을지도 몰라. 나보다는 실력이 떨어지지만 그 사람, 강하고 또 끈질기거든."

"예. 그렇답니다. 카슈반 님은 매우 강하고 또 끈질기시죠."

기쁜 듯이 맞장구를 치는 알리시아를 무시하고 루아크는 계속 말했다.

"그렇다면 분명히 알리시아를 데리러 올 거야. 그때 알리시아가 살아 있다면 거래를 할 수 있겠지. 그 사람, 아닌 듯 보여도 이 빈유 유아 몸매인 아내에게 해롱해롱 빠진 모양이거든."

"필요 없어."

인정사정없이 대답한 사이드는 자세를 잡았다.

그것을 본 루아크는 알리시아의 손을 잡아당겨 자기 등 뒤에

숨겼다.

"루아크? 어머, 저기 그러니까, 이래도 괜찮아요?"

일단 알리시아도 자신이 살해당하려 한다는 사실 정도는 알고 있었다.

그렇기에 우선 물어보았는데, 루아크는 알리시아의 질문에 대답하지 않고 이런 말을 꺼냈다.

"오델 후작님은 사실 카슈반 형님을 괴롭혀주고 싶을 뿐이지? 그러고 보니까 그 사람, 경사스럽게도 왕녀님과 정략결혼한 것까지는 좋지만 부부 사이가 순탄하지 못하다던가. 의외로 형님이 행복해 보여서 질투하나?"

"……고용주 의향 따위 우리가 생각할 필요는 없어."

거친 목소리를 낸 사이드가 나이프를 들어 올려 휘두르며 덤벼들었다.

그것을 전혀 위험해 보이지 않게 예의 독침으로 받아내고서 루아크는 그에게 말했다.

"저기, 알리시아를 죽인다고 해서 별로 달라질 점은 없어. 사이드 형도 만난 지 얼마 안 되었지만 알 수 있잖아. 이 애는 그게, 뭐랄까…… 한없이 순수할 뿐인, 평범한 여자애야."

"평범한 여자가 아니니까 죽일 필요가 있다. 지방백 영애다. 살려두면 결국은 벼락출세한 귀족에 지나지 않는 라이센 가에 쓸데없는 관록을 붙이게 돼."

루아크의 어깨너머로 알리시아를 내려다보며 사이드는 외쳤다.

"거기에 너까지 망설이게 하고 있잖느냐. 루아크, 너는 내 말에 따르기만 하면 돼."

초조함이 담긴 발차기가 루아크를 오른쪽으로 튕겨냈다.

장해물 없이 사이드와 대치하는 결과가 된 알리시아는 눈을 끔벅거리며 그 얼굴을 올려다보았다.

"어, 그러니까…… 사이드는 루아크보다는 약해 보이지만 저로서는 이길 수 없겠죠."

저도 모르게 튀어나온 한마디에 사이드는 얼굴을 일그러뜨리며 손에 쥔 나이프를 내리치듯이 휘둘렀다.

"기다리, 라니까."

걷어차인 옆구리를 감싸면서 일어선 루아크가 다시 사이드의 손을 붙잡았다.

"알리시아, 어쨌든 입을 다물고 좀 떨어져 있어. 사이드 형도 진정해. 저기, 두 번 다시 거스르거나 하지 않을 테니까 조금만 더 생각해보자. 응?"

"……시끄러워!"

마음에 생긴 망설임을 뿌리치려는 듯이 사이드는 격하게 노성을 지르고는 루아크를 밀쳐냈다.

"사신이라고 불리는 사이에 사신 공주에게 정을 품게 되었냐. 우선은 네 근성을 뜯어고쳐 줄 필요가 있겠구나!"

알리시아는 소리를 지르는 사이드에게서 벗어나 일단 마른 우물이 있는 쪽으로 도망치려고 했다.

그러나 몇 발자국도 못 가서 사이드에게 따라잡혔다. 사이드가 있는 힘껏 머리카락을 움켜쥐었다.

"아얏……!"

"알리시아!"

이름을 외치며 루아크가 다가왔다. 등 뒤에서 사이드가 나이프를 내리쳤다.

머리카락을 잡아당기는 고통에서 해방되었다. 그렇게 생각한 다음 순간, 알리시아가 느낀 것은 누군가에게 안기는 감촉과 부유감.

"꺄아아아아…… 악!"

옆에서 낚아채듯이 자신을 끌어안은 루아크와 함께 알리시아는 마른 우물 바닥으로 떨어져 갔다.

추락의 충격은 금방 찾아왔다.

"꺄아! 아, 아야야야……."

루아크에게 올라탄 자세로 마른 우물 바닥에 떨어진 알리시아는 이것만큼은 잃어버릴 수 없다는 정신으로 필사적으로 누르고 있던 안경을 똑바로 고쳐 쓰고는 주변을 둘러보았다.

"아야야…… 어머, 꽤 훌륭한 우물이네……. 우물을 팔 때도 유지하면서도 상당한 돈이 들었을 텐데, 역시 부자는 다르네요……."

방치한 지 오래되었으리라. 우물 바닥에는 마른 먼지가 쌓여 있었고 물기는 전혀 없었다.

충격으로 피어오른 먼지가 하늘에서 쏟아지는 달빛을 받아 잠깐 반짝반짝 빛을 냈다. 그것이 진정되자 의외로 시야는 나쁘지 않았다.

"그러고 보니 우물에서는 살해당해 버려진 사람의 혼이 자주 나오는데."

눈을 반짝이는 알리시아 밑에 깔렸던 루아크는 여느 때처럼 천진난만한 미소를 지으면서 말을 걸었다.

"미안, 알리시아. 알리시아는 무겁지 않지만 일단 좀 비켜줄래."

"어머, 미안해요."

사과하고 나서 옆으로 몸을 뺀 알리시아는 루아크가 위를 쳐다보고 있음을 알아차렸다.

우물 형태대로 동그랗게 뚫린 밤하늘에 사이드가 얼굴을 내밀고 있었다.

두 사람이 생존했는지 확인했으리라. 조금 괴로운 표정을 짓고 나서 사이드는 바로 얼굴을 다시 거둬들였다.

"사이드, 가버렸네."

정면으로 얼굴을 돌린 알리시아는 아직도 위를 보는 루아크에게 말했다.

"큰일 났네요, 루아크. 뭔가 발을 디딜만한 부분이 없을까."

벽을 보강한 석재에 손을 대보면서 재빨리 탈출을 꾀하는 알리시아와 비교해 루아크는 말이 없었다.

"루아크? 그러고 보니 루아크, 절 감싸줬네요. 괜찮아요?"

그 높이에서 떨어진 것치고 별로 아프지 않았다. 루아크가 꼭 끌어안아 충격을 줄여주었기 때문이리라.

새삼스러운 알리시아의 말에 루아크는 방긋 웃으면서 대답했다.

"다리를 다친 것 같아."

"어?"

"아까부터 서보려고 했는데 아파서 잘 안 돼."

모래 바닥에 상반신만 일으킨 자세로 앉은 루아크는 일어서려는 기색을 보이지 않았다.

표정은 특별히 이렇다 할 이상이 없었지만 말을 듣고 보니 왼쪽 다리가 묘하게 휘어진 것 같았다.

"큰일 났네! 루아크, 미안해요. 제가 무거웠기 때문이죠!"

"아하하. 알리시아가 무거우려면 대부분 사람은 좀 더 말라야겠지."

남의 일처럼 중얼거리는 루아크의 발밑에 알리시아는 걱정스러운 듯이 쪼그려 앉았다.

"미안해요. 바로 응급 처치를 할 테니까. 음 그러니까…… 부러졌나? 어중간하게 부러졌다면 차라리 완전히 부러뜨리는 편이 빨리 나을 텐데……."

위험한 발언을 시작한 알리시아를 루아크는 물끄러미 바라보고 있었다.

상태를 보려고 뻗은 손을 루아크는 찰싹 소리를 내면서 쳐냈다.

"루아크?"

고개를 갸우뚱하는 알리시아를 바라보며 루아크는 혼자서 쿡쿡 웃기 시작했다.

"여기서 내가 다리를 다칠 줄이야. 어떤 의미로는 당연한 일인가."

의미를 알 수 없는 혼잣말을 끝내고는 눈이 문득 차가운 빛을 띠었다.

"카슈반 형님과 알리시아가 준 수호석, 나 안 갖고 있어."

머리카락에 묻은 모래를 지겹다는 듯이 털어내면서 루아크는 당돌한 이야기를 시작했다.

"눈에 띄는 곳에 놔두고 갔잖아. 아니면 카슈반 형님이 알리시아를 배려해서 잠자코 있었나?"

"아아. 그 수호석 말인가요? 아뇨, 봤어요."

알리시아는 이전에 루아크에게 수호석을 건넸을 때처럼 또다시 부스럭거리기 시작했다.

"자, 여기."

매우 자연스럽게 알리시아가 내민 물건을 보고 루아크는 침묵했다.

"……이게 뭐야?"

"뭐냐니, 루아크가 잊어버리고 간 물건이에요."

작은 손바닥 위에서 반짝반짝 빛나는 두 개의 돌.

카슈반이 준 정통파 수호석과 알리시아가 준 단순한 은색 덩어리가 쏟아져 내리는 달빛에 빛나고 있었다.

"……나, 방금 두고 왔다고 말했는데."

"말했어요."

시원스럽게 긍정하고 나서 알리시아는 다시 물었다.

"그러니까 잊어버리고 놔두고 갔지요?"

루아크가 대답하지 않았기 때문에 알리시아는 계속해서 말했다.

"안 돼요. 그렇게 깜빡해서는. 크기가 몸에 지닐 수 있을 정도인 물건은 몸에 지녀야 해요. 그렇지 않으면 기껏 준 수호석이 루아크를 지켜주지 않을 거예요. 일단 지금은 다리가 부러진 뒤라 늦었을지도 모르겠지만, 그래도 지금부터는 꼭 지켜줄 거예요."

루아크는 멋대로 자기 다리를 부러뜨린 알리시아의 얼굴과 손 위에 놓인 돌 두 개를 번갈아 바라보았다.

문득 녹색 눈동자 깊은 곳에 카슈반이 때때로 보이는 어두운 빛이 떠올랐다.

"—아아, 나 지금 분명히 기분이 아주 더러울 거야."

"에?"

"알리시아의 그런 언동이 신경에 거슬려서 참을 수가 없다는 말이지."

갑작스러운 발언에 당황한 얼굴을 하는 알리시아를 루아크는 짓궂은 표정으로 잠자코 바라보았다.

그리고 문득 표정을 풀고, 대신 어른스러운 미소를 띤 채 물었다.

"저기, 알리시아. 나 좋아해?"

생각지도 못한 질문에 알리시아는 눈을 껌벅거렸다.

"이전에 카슈반 님께도 그런 말을 들었죠. 두 사람 다 왜 저한테 그런 걸 묻죠?"

"됐으니까 대답해줘. 좋아해?"

거듭된 질문에 알리시아는 역시 시원스럽게 고개를 끄덕였다.

"좋아해요."

"내가 첫 번째 남편에 이어 두 번째 남편을 죽인 사신이라도?"

그 말을 듣고 알리시아는 잠시 생각에 잠겼다. 하지만 곧 다시 한번 고개를 끄덕였다.

"예. 카슈반 님이 돌아가셨는지 어땠는지는 아직 모르고…… 게다가 만약 카슈반 님이 정말로 돌아가셨어도 루아크를 싫어하지 않을 거예요."

첫 남편인 브라이언과 달리, 카슈반과는 이미 몇 개월을 부부로서 지냈다.

하지만 그래도 루아크를 미워하는 마음은 아직 알리시아 안에는 없었다.

"루아크는 오델 후작님이라든가 사이드가 명령해서 따랐을 뿐이잖아요? 루아크는 카슈반 님을 좋아하죠?"

알리시아가 그렇게 확인했지만, 루아크는 그 말을 듣지 않았다는 듯 미소 지었다.

"그렇구나. 알리시아는 날 좋아하는구나. 나도 알리시아를 좋아하는데. 기쁜걸."

방긋방긋 웃으면서 말한 루아크의 얼굴에서 다음 순간, 웃음기가 빠져나갔다.

"그런데 미안해. 나는, 날 좋아하는 사람을 별로 좋아하지 않아."

수수께끼 같은 말을 하고 나서 루아크는 밤하늘을 올려다보았다.

"내 다리, 이런 상태니까 알리시아 혼자서 이 우물을 빠져나가기는 불가능하겠네."

지력이 풍부한 오델 지방은 수원도 축복받은 지역이다. 그렇게 깊이 파지 않아도 물이 나오기는 했던 모양이지만, 어디까지나 일반적인 우물 깊이가 그렇다는 이야기다.

올려다본 위치대로라면 이 우물은 간단히 기어나갈 수 있을 법한 높이가 아니었다.

"저기, 알리시아. 어쩔 수 없으니까 여기서 그냥 둘이서 살까?"

루아크가 갑자기 밝은 목소리를 냈다.

"우리는 이 우물 바닥에서 나갈 수 없어. 그리고 여기에는 우리 둘밖에 없어. 그렇다면 카슈반 형님은 잊어버리고 여기서 나랑 같이 살자."

양손을 벌리고 달빛에 반짝이는 은색 머리카락을 흔들면서 뭔가에 씐 듯이 루아크는 떠들고 있었다.

"저기 그러니까……."

"―싫어?"

드물게 대답하기 곤란한 상황에 빠진 알리시아의 모습에 루아크의 목소리가 낮아졌다.

"그럼 나와 여기서 죽어줘."

중얼거리는 것과 동시에 루아크의 손에 독침이 출현했다.

그리고는 그것을 천천히 들어 올렸기 때문에 알리시아는 깜짝 놀라고 말았다.

"루아크, 안 돼! 다리가 부러졌잖아요? 움직이면 안 돼요!"

"아까는 좋아한다고 말해놓고서는. 싫은 거야?"

역시 아파서일까, 동작이 완만했다. 느릿한 동작으로나마 루아크는 알리시아의 제지를 무시하고 점차 거리를 좁혀왔다.

"싫다고 해야 하나…… 음 그러니까, 저는 죽일 생각일지도 모르겠지만 사이드는 루아크를 구하러 올 텐데요?"

우물 바닥을 들여다보고 바로 모습을 감춘 사이드를 언급하자 루아크는 옅게 웃으며 고개를 저었다.

"사이드 형은 알리시아는 물론 나도 구해주지 않을 거야. 나 사이드 형한테 미움받으니까."

그 말을 들은 알리시아는 또다시 잠시 생각하고 나서 질문했다.

"루아크는 사이드를 좋아하나요?"

"응."

"미움받는데도 좋아하나요?"

"응."

"미움받는데도 좋아한다고요? 사이드는 루아크에게 돈 같은 걸 주나요?"

"아니야. 그저 내가 좋아할 뿐이야. 나한테는 형밖에 없으니까."

이전에도 들은 것 같은 말을 반복하며 루아크는 아직 자리에 앉은 알리시아의 머리 위로 독침을 들어 올렸다.

"하지만 지금 내게는 알리시아밖에 없고. 알리시아에게도 나밖에 없어. 그러니까 나랑 같이 살자. 그게 싫다면 같이 죽자."

무표정하게 양자택일을 강요하는 루아크의 머리카락과 손에 쥔 침이 달빛에 반짝반짝 빛나고 있었다.

그것과 같은 색 돌을 손바닥 위에 얹은 채로 알리시아는 말했다.

"어떻게 해도 나갈 수 없다면 여기서 루아크랑 단둘이 살다가 함께 죽어도 좋아요."

사실 그 외에 선택지는 없었다. 루아크가 완전한 상태라고 해도 외부의 도움 없이 여기서 탈출하기란 불가능하리라.

"하지만 우선 노력해 봐요. 저기 루아크. 그 침을 잠깐 빌릴 수 있을까요."

"……혹시 이걸로 날 죽이려는 거야?"

루아크가 살짝 표정을 바꾸었다고는 해도 여전히 주의 깊은 목소리를 냈다. 그런 루아크에게 알리시아는 고개를 저었다.

"아뇨. 그게 말이죠. 책에서 읽은 적이 있어요. 이렇게 끝이 뾰족한 물건을 손에 쥐고, 요렇게 한쪽씩 벽에 박아 넣어서 손으로 붙잡으면서 올라가는 거예요."

요렇게요. 손짓 발짓으로 해설하는 알리시아를 루아크는 뭐라고 형용할 수 없는 표정으로 바라보았다.

"루아크와 여기서 함께 살아도 재미있을 것 같아요. 오래된 우물 바닥이라니 가슴이 두근두근하잖아요."

살해당할 뻔한 결과라고는 해도 이 상황은 개인적으로 대환영이었다. 살짝 들뜬 목소리를 내고서 알리시아는 금방 진지한 어조로 되돌아왔다.

"하지만 카슈반 님이나 노라라든가, 다른 사람들이라든가…… 그래요. 거기다 사이드도 여기서 나가지 않으면 두 번 다시 만날 수 없어요. 저기, 루아크는 저 이외에 다른 사람들도 좋아하죠? 미움받아도."

"……응."

매우 솔직하게 고개를 끄덕인 루아크의 전신에서 힘이 빠져나갔다.

언제나 어딘가 냉소적인 데다가 어른스러운 분위기를 두르고 있던 소년이었다. 하지만 지금 모습은 나이보다 훨씬 어린아이처럼 무방비하고 미덥지 않게 보였다.

"……응. 좋아해. 나. 미움받아도 전부 다 좋아해. 함께 있고 싶어."

양손을 달랑 늘어뜨리고 깊게 고개를 숙인 루아크의 표정은 밑에서 올려다보는 알리시아로서도 잘 알 수 없었다.

"좋아해서, 함께 있고 싶어서 나름대로 열심히 노력했어. 하지만…… 안 됐어. 내가 잘해도 잘못해도 안 돼서, 그래서 그냥 헤헤거리고 지낼 수밖에 없었어."

쓸쓸하게 중얼거린 루아크는 얼굴을 들어 밤하늘을 올려다보았다.

"해볼까, 방금 알리시아가 말한 거."

한 번 숨을 토해낸 뒤 입에 담은 말에도, 표정에도 알리시아가 잘 알고 있는 루아크다움이 돌아와 있었다.

"그렇죠. 뭐든 해봐야죠! 뭣하면 저를 디딤대로 삼을래요? 조금은 높이를 벌 수 있을지도 몰라요."

왠지 기뻐진 알리시아가 네발로 기는 자세를 취하려고 하는 모습을 본 루아크는 웃었다. 여느 때처럼 밝고, 진심으로 즐거운 듯이.

"아하하. 카슈반 형님보다 내가 먼저 엎드린 알리시아 위에 올라타는 거야? 나, 살해당할지도 몰라. 뭐, 아까는 올라탔지만."

그렇게 말하면서 루아크는 양손의 무기를 확인하듯이 쥐었다.

"괜찮아. 솔직히 다리가 부러지지 않았어도 좀 힘들겠는데, 그래도 해보자고…… 얼레."

갑자기 머리 위에서 쏟아지던 달빛에 그늘이 지는 것을 느끼고 알리시아도 눈을 들었다.

"—형."

둥글게 잘려나간 밤하늘을 배경으로 또다시 사이드가 얼굴을 내밀고 있었다.

지상에 나온 알리시아를 달빛이 비추었다.

우물 안에서는 맛볼 수 없었던 신선한 밤바람을 쐬자, 거꾸로 지금까지 얼마나 곰팡내 나는 먼지투성이 공기 속에 있었는지 알 수 있었다.

"때로는 우물에 빠지는 것도 재미있네요."

바람에 황갈색의 머리카락을 휘날리면서 깨끗한 공기를 들이 마시고 있는 알리시아의 뒤에서 소리가 났다.

조금 전, 알리시아가 그랬듯이 사이드에게 안겨 마른 우물에서 나온 루아크였다.

"고마워요, 사이드. 루아크, 괜찮아요?"

매우 자연스럽게 말을 거는 알리시아에게 암살자 형제는 아무 말도 하지 않았다.

"왜 그런 거야? 사이드 형."

아픈 다리를 감싸려는 것일까, 우물 끄트머리에 엉덩이를 걸친 루아크에게 사이드는 대답하지 않았다.

"왜 우리를 구해주었어? 특히 나를……."

두 번 다시 돌아오지 않으리라 생각했던 사이드는 우물 위에서 튼튼한 밧줄을 던져주었다.

그러나 루아크는 다리를 다쳤고, 알리시아는 혼자서 줄을 붙잡고 지상으로 올라갈 능력이 없었다.

알리시아가 그 사실을 전하자 사이드는 조금 망설인 뒤, 스스로 우물 바닥으로 내려와 두 사람을 순서대로 구출했다.

"왜냐니, 사이드에게 루아크는 세상에 오직 한 명뿐인 동생이고 가족이잖아요."

멋대로 알리시아가 대답하는 말에 사이드의 시선이 허공을 헤 맸다.

어느샌가 사이드는 완전히 알리시아의 페이스에 말린 것 같았다. 이번에는 루아크가 말했다.

"사이드 형은 괜찮아. 날 때리거나 죽여도. 형한테는 날 때리 거나 죽이거나 할 권리가 있으니까."

사이드의 시선이 한층 더 허공에서 헤맸다.

그것을 애매한 미소를 띤 채 바라보는 루아크는 그를 보면서도 보지 않는 것 같았다.

"나, 다리가 아파서 움직일 수 없어. 그때 사이드 형이랑 똑같 아. 저기, 그러니 형이 날 죽이면 얘기가 깨끗하게 정리되겠지?"

"나는……."

뭔가를 말하려던 사이드는 퍼뜩 놀라 저택 쪽을 바라보았다.

저택 앞쪽 정원과는 달리, 제대로 손질이 되지 않은 후원 그 늘에 남의 눈에 띄지 않게 서 있던 사람은 엘릭스 바스틀이었다.

"엘릭스 님! 살아계셨군요!"

엘릭스는 여느 때와 같은 심약한 표정으로, 여느 때와 마찬가 지로 얼굴빛은 안 좋았지만 제대로 그곳에 서 있었다.

트레이스에게 빌렸던 옷을 갈아입은 모양인지 엘릭스는 그다 지 어울리지 않는 귀족 복장을 몸에 두르고 있었다. 그러고 있노라니 한층 더 야위어 보여서 미덥지 않게 느껴졌다.

하지만 틀림없이 살아 있었다. 왜 이곳에 있는지는 알 수 없었지만 살아 있었다.

"다행이다. 완전히 사이드에게 살해됐나 생각하고 있었어요."

기뻐서 얼굴을 환하게 밝힌 알리시아에게 옅게 웃어 보인 엘릭스는 세 사람에게 다가왔다.

"얘기는 들었어, 사이드. 오델 후작이 알리시아를 죽이라고 명령했다면서."

"……바스틀 백작, 그분의 이름은."

사이드가 책망하는 표정을 지었지만 엘릭스는 대범하게 웃을 뿐이었다.

"그분도 심하네. 처음부터 그럴 생각이었는지, 아니면 나중에 와서 생각이 바뀌었는지는 모르겠지만 여전히 심한 말을 하는 걸."

무표정하게 속삭이듯이 말한 후, 엘릭스의 입술에는 다시 미소가 돌아왔다.

"하지만 어차피 죽인다면, 그 전에 나랑 잠깐 이야기를 해도 괜찮겠지. 알리시아, 이리 와."

한 손을 내민 엘릭스를 바라보는 사이드의 눈이 날카로워졌다.

"사이드, 그렇게 무서운 얼굴 하지 마. 왜 그래? 너답지 않잖아. 자, 알리시아. 이리 와."

온화한 목소리로 엘릭스는 다시 한번 알리시아를 불렀다.

한편 알리시아는 움직이지 않는 사이드를 보고 새삼스럽게 희한해 하고 있었다.

"어머, 사이드. 당신 이제 엘릭스 님을 죽이지 않아도 되나요?"

그 말을 듣고 엘릭스는 왠지 루아크를 보고 눈으로만 웃었다.

"변함없구나아. 알리시아도, 그리고 루아크도. 그 모습을 보니 정말로 아무것도 얘기하지 않았나 보군. 과연 초일류 암살자라 자인할 정도는 되네."

대체 무슨 일인지 영문을 알 수 없어서 당혹스러워하는 알리시아에게 엘릭스는 시선을 되돌렸다.

"뭐 상관없지. 그 얘기는 식사 자리에서 해줄게."

"식사?"

그 말을 들은 알리시아는 저도 모르게 배에 손을 대었다.

분명히 이미 저녁을 먹기에도 늦은 시각이었다. 줄곧 사람 눈을 피해 마차로 이동했기 때문에 얼마 동안 제대로 된 식사를 하지 못했다.

"……어머, 싫어라."

의식하는 바람에 한층 더 위가 반응한다. 꾸르륵 배가 작게 우는 소리를 듣고 알리시아는 한층 더 창피한 듯이 서 있었다.

솔직한 그 동작에 엘릭스도 검은 눈동자를 가늘게 뜨며 웃었다.

"루아크와 사이드는요?"

"안 돼. 나는 알리시아와 단둘이서 식사를 하고 싶어. 이전에 초대해줬었지? 자."

온화한 어조. 거기에 엘릭스는 겉보기에도 힘이 강한 것과는 인연이 없어 보였다. 그러나 난데없이 알리시아의 손목을 붙잡은 힘은 강했고, 부드러운 목소리에도 강제적인 울림이 있었다.

"알았어요. 아, 맞다. 루아크. 이거."

엘릭스에게 끌려가면서 알리시아는 쥐고 있던 돌 두 개를 루아크에게 건넸다.

"제대로 갖고 있어야 해요. 그리고 두 사람 다 싸우면 안 돼요."

뒤를 돌아보면서 말하는 알리시아의 손을 끌고 엘릭스는 저택 안으로 들어갔다.

고용인이 사용하는 검소한 방이 늘어선 구역을 빠져나가자 바스를 저택 내부는 재미있을 정도로 호화로운 구조가 나타났다.

"어머, 멋져라. 이거 비싸겠네요."

알리시아는 2층으로 올라가는 폭넓은 계단에서 우아한 곡선을 그리는 난간에 감탄했다. 엘릭스는 그런 알리시아를 끌고 계속 나아갔다. 고용인의 모습이 전혀 보이지 않는 점이 묘했지만 시간대가 시간대였기에 알리시아는 별로 신경 쓰지 않았다.

"여기야."

엘릭스가 알리시아를 데려간 곳은 수십 명은 앉을 수 있을 것 같은 긴 식탁을 한가운데에 둔 식당이었다.

단, 주인의 자리와 바로 옆의 손님용 자리 한 곳 이외에는 식사가 놓여 있지 않았다. 식사 시중을 드는 고용인도 없었다. 풀코스 요리가 전부 처음부터 식탁 위에 준비된 점도 이상했다.

"어머 이렇게 식사를 하면 식사 시중을 들 고용인을 고용하지 않아도 되겠네요. 따뜻한 음식을 먹을 수 없을지도 모르겠지만요."

통상, 순서대로 나오는 요리를 전부 먼저 내놓았으므로 수프 같은 음식은 완전히 식어버렸겠지.

하지만 차갑게 먹는 수프를 내놓는다면 괜찮지 않을까. 알리시아는 머릿속으로 식단을 짜보았다. 그러는 알리시아에게 엘릭스는 손님용 자리의 의자를 빼주었다.

"자, 앉아. 미안해, 이상한 식사라고 생각하지?"

"아뇨. 무척 재미있네요."

"고마워. 알리시아는 정말 착한 아이네."

알리시아가 자리에 앉은 것을 확인하고 엘릭스도 상석인 자신의 자리에 앉았다.

"자, 먹어봐. 입에 맞으면 좋겠지만."

"괜찮아요. 불에 익히기만 했다면 저, 뭐든 먹을 수 있는 걸요. 뭐, 불에 익히지 않아도 대개는…… 어머, 맛있어."

알리시아는 일단 순서대로 전채인 몇 가지 버섯을 볶은 요리를 입에 넣었다. 알리시아의 목소리를 듣고 엘릭스는 기쁜 표정을 지었다.

"정말? 그 말을 들으니 기쁘네. 사실 그 요리, 전부 내가 만들었어."

"어머. 엘릭스 님이? 대단하시네요. 그러고 보니 자주 주방에서 식사했다고 하셨죠."

눈 깜짝할 사이에 전채를 비운 알리시아의 찬사를 받고 엘릭스는 쑥스럽게 웃었다.

"응. 나 말이야. 어릴 때는 요리사가 되고 싶었어. 그러면 평생 먹을 것 때문에 고생하지는 않으리라 생각해서. ……바보였지."

툭 중얼거리고 나서 엘릭스는 자기 요리를 마주했다.

"그럼 나도 먹을게."

이미 생선 요리에 손을 대기 시작한 알리시아의 행복해 보이는 얼굴과는 대조적으로 그 얼굴은 긴장감을 띠고 있었다.

"—미안. 아마 조금, 기분이 나빠질지도 모르겠지만 신경 쓰지 마. 알리시아는 언제나처럼 호쾌하게 먹어주면 기쁘겠어."

미리 양해를 구하는 말에 고개를 든 알리시아는 엘릭스가 전채인 버섯 볶음을 입에 넣는 광경을 보았다.

"……우, 우…… 윽."

"엘릭스 님?"

버섯 요리를 입에 집어넣기가 무섭게 엘릭스의 상태가 확연히 이상해졌다.

입에 넣은 요리를 그는 필사적으로 씹고 있었다. 손으로 입을 누르고 지금 당장에라도 토하고 싶은데 억지로 참고 있다고밖에 표현할 수 없는 모습으로.

"엘릭스 님. 왜 그러세요? 정신 차리세요!"

깜짝 놀란 알리시아가 말을 걸자, 식은땀을 흘리며 엘릭스는 대답했다.

"우…… 윽. 꽤, 괜찮아. 신경 쓰지 마."

"음. 그게, 안돼요. 죄송합니다. 엄청나게 신경 쓰여요. 엘릭스 님, 대체 왜 그러세요? 엘릭스 님 요리만 익히는 걸 잊어버렸다든가 그런가요?"

그 말에 엘릭스는 근처에 있던 물잔에 입을 대고 겨우 버섯을 한 조각 꿀꺽 삼켰다.

깊게 숨을 내쉬고 호흡을 가다듬은 뒤, 엘릭스는 자신을 걱정 스러운 듯이 바라보는 알리시아를 보았다. 그의 입가에는 자주 볼 수 있었던 애매한 미소가 떠올랐다.

"브라이언 탓이야."

"예."

"난 말이야. 어릴 때부터 줄곧 브라이언과 그 패거리에게 괴롭힘을 당했어."

전 남편의 이름에 놀라는 알리시아에게 엘릭스는 미소를 지으며 옛날이야기를 시작했다.

"내가 고용인에게서 태어난 아이라는 점은 알지? 선대 바스틀 백작이 변덕스러운 기분으로 가난한 하녀에게 손을 대서 태어난 게 나야. 덧붙여 어머니는 정실에게 쫓겨나서 그 이후로 어떻게 됐는지 아무도 모르지."

"……그런 이야기, 소설에서 자주 읽었어요. 하지만…… 엘릭스 님의 어머니, 가엾게도."

주인이 손을 대는 바람에 임신했다. 연애 소설에서는 이따금 그 뒤 정실 자리에까지 오르는 주인공이 등장하지만, 실제로는 그렇지 못하다.

성적으로 문란한 여자라는 소문이 퍼져 불합리하게 일자리를 빼앗긴 여자는 대부분 변두리의 창부가 된다는 말로를 맞이한다.

"그렇지. 하지만 불쌍한 건 남겨진 나도 마찬가지야. 내가 백작의 아이, 그러니까 브라이언과 형제임은 다들 아는 사실이었지만 취급은 하인 이하였지. 언제나 더러운 꼴을 강요당했고 주방 구석에서 먹고 자야만 했어. 내 입에는 하루에 한 번 먹을 것이 들어올까 말까 했는데, 마치 모르는 사이인 양 구는 얼굴을 한 가족을 위해 호화로운 요리를 만들곤 했지."

그때 성과가 지금 식탁 위에 있는 요리라는 뜻이리라.

"항상 배가 고파서 먹을 것을 배부르게 먹어보는 게 유일한 꿈이었어. 가끔은 참을 수 없어서 몰래 먹을 것을 훔치기도 했지. 대부분 바로 들통 나서 호되게 얻어맞고 하루 종일 밥을 못 먹곤 했지만."

그러던 어느 날, 브라이언이 말을 걸어주었다고 엘릭스는 말했다.

"갑자기 방에 불려갔더니 말이야. 그래, 마침 이렇게 식탁 위에는 먹을 게 잔뜩 있었어! 깜짝 놀란 나한테 그 녀석은 말했지. 전부 먹어도 좋다고. 정말 기뻤어."

과거 행복했던 잔재와도 같은 덧없는 미소가 엘릭스의 입가에 떠올랐다.

　식사를 하던 손을 멈추고 가만히 이야기를 듣는 알리시아에게 문득 시선을 주고는 엘릭스는 말했다.

　"알리시아. 안 먹어? 많이 식긴 했지만 맛있을 테니까 먹어. 그렇지 않으면 내 요리는 먹고 싶지 않아?"

　"아뇨…… 음, 그러니까 잘 먹을게요."

　이번에는 고기 요리를 먹기 시작한 알리시아의 손을 보면서 엘릭스는 다시 입을 열었다.

　"처음에는 말이야. 브라이언에게 감사했지. 그래서 먹는 데 열중했어. 이것도 저것도 전부 다 정말 맛있었지. 너를 위해 일부러 일류 요리사를 불렀다고, 브라이언도 똘마니들도 히죽거리면서 말했어."

　그것도 배가 부르기 전까지 일이었다.

　"먹고 또 먹었지만 사실 도저히 혼자서 다 먹을 수 있는 양이 아니었어. 줄곧 제대로 먹지 못했던 탓에 위가 작아지기도 했고 말이지. 이제 됐습니다. 잘 먹었다고 말했지만 브라이언은 호의를 무시할 생각이냐면서 전부 먹으라고 하더군."

　잘라놓은 닭고기의 마지막 한 조각을 입에 넣는 알리시아를 보고 엘릭스는 웃었다.

　"정말로 잘 먹는구나, 알리시아는. 그에 비해 그때 나는 기껏 배부르게 가득 집어넣었던 음식을 결국 전부 토해버려서……. 그런데도 브라이언과 패거리는 용서해주지 않았어."

바닥에 깔아뭉개고 토해낸 음식을 입에 쑤셔 넣고, 남아 있던 다른 음식 억지로 입안에 집어넣었다.

　숨을 쉴 수 없어서 꿈틀꿈틀 경련하는 엘릭스를 보고 브라이언과 패거리는 배를 부여잡고 웃고 있었다.

　"엘릭스 님……."

　"아무 말도 하지 않아도 돼, 알리시아. 그것보다 디저트 먹을래? 정말 잘 먹는구나. 괜찮다면 내 것도 먹을래?"

　"예. 잘 먹을게요."

　얼른 대답한 알리시아에게 엘릭스는 살짝 놀란 얼굴을 하면서도 카슈반이 했듯이 접시에 담긴 요리를 나눠주기 시작했다.

　"이후로 나는 제대로 식사를 할 수 없었어. 먹으려고 해도 괴로웠던 그때가 생각나서 토할 것 같거든. 하지만 먹지 않을 수는 없으니까 말이야. 우웩거리면서 식사를 하는 모습을 사람들은 자주 놀려대면서 웃음거리로 삼았어. 어릿광대를 부르는 것보다 몇 배나 재미있다면서 브라이언도 그때만큼은 순수하게 칭찬해 줬지."

　그래서 엘릭스는 라이센 저택에서도 혼자 식사를 하고 있었으리라.

　"카슈반 님은 그 일을 알고 엘릭스 님이 혼자서 식사하실 수 있도록 해드렸던 거군요……."

　지금까지 있었던 일을 떠올리면서 디저트인 리고 열매의 즙으로 만든 젤라틴을 추릅 먹고 있는 알리시아가 술회하자 엘릭스는 그렇다고 상냥하게 웃었다.

"같은 얘기를 라이센 저택에 갔을 때 카슈반에게도 했어. 그 말을 듣고 특별한 말은 없었지만 내가 방에 틀어박혀 식사해도 역시 아무 말도 하지 않았지."

요리사인 단의 탄식이 귓가에 되살아났다.

엘릭스가 혼자서 식사를 하고 싶어 했고, 식사량이 극단적으로 적었던 이유를 카슈반은 자기 가슴속에만 담아두고 누구에게도 이야기를 누설하지 않았다.

"카슈반은 정말로 좋은 녀석이야. 루아크도."

"루아크."

"그래. 내 부탁을 들어줘서 브라이언을 죽여줬으니까. 게다가 그 일을 아무에게도, 네게도 카슈반에게도 이야기하지 않은 것 같아."

또다시 알리시아의 손이 멈추고 말았다.

"알리시아, 자, 먹어."

"어, 그게 잘 먹겠습니다만……."

우선 사양하지는 않는 알리시아의 접시에 계속 요리를 나눠주는 엘릭스의 얼굴에는 가면과도 같은 미소가 떠올랐다.

"알리시아. 너와 결혼이 정해지고 브라이언이 바스틀가 후계자로 확정되었어. ……나는 죽으려고 했지. 그 녀석이 주인으로 지배하는 저택에서는 살 수 없었어. 어차피 고통만 받다가 천천히 살해당하리라 생각했으니까."

하지만 나는 겁쟁이라서 말이야. 그렇게 말하며 웃는 목소리가 묘하게 멀게 들렸다.

왠지 아까부터 머리가 어질어질했다.

그런데도 알리시아는 열심히 계속 먹었다. 실제로 엘릭스가 만들어준 요리는 매우 맛있었고, 또 남기면 미안했다.

"마지막으로 빈정거려준다는 의미로 저택 뒤쪽 숲에서 목이라도 맬까 생각했는데, 마지막 용기가 나지 않아서 말이야. 줄을 손에 쥐고 어쩔 줄 몰라 하는 나를 때마침…… 아마도 다른 일 때문에 왔겠지. 루아크가 발견하고는 말을 걸었어."

"……어머…… 루아크답네요……."

가볍게 이마를 짚으면서 알리시아는 맞장구를 쳤다.

아마도 여느 때 호기심이 발동해서 루아크 쪽에서 먼저 적극적으로 접근했으리라.

혹은 엘릭스에게서 어딘가 자신과 비슷한 냄새를 맡았거나.

"내 이야기를 듣고 루아크는 시원스럽게 그럼 브라이언을 죽이자고 말했어. 물론 처음에는 진심이 아니었지. 하지만 루아크의 솜씨는 바로 알 수 있었어. 그래서…… 나는 루아크에게 부탁했다. 루아크는 뒷일까지는 책임지지 않겠다고 말했지만 상관없었어. 어쨌든 그 녀석만 없어지면 좋다고 생각했거든."

"……예……? 엘릭스 님, 죄송해요. 잘, 들리지 않아……."

엘릭스의 목소리가 멀게 느껴진다. 숨겨둔 과거의 이야기를 하느라 자연스럽게 그의 목소리가 낮아진 것 때문만은 아닌 것 같았다.

현기증이 이는 것을 느끼고 알리시아는 한순간, 의자 등받이에 몸을 기댔지만 곧 마음을 고쳐먹고 고개를 흔들었다.

"설마, 한창 결혼식을 올릴 때 죽일 줄은 생각도 못 했어. 덕분에 브라이언은 죽고 후계자를 잃은 바스틀 저택은 대혼란 상태에 빠졌지."

안경이 흘러내릴 것 같을 만큼 비틀거리는 알리시아를 관찰하면서 엘릭스는 말을 계속했다.

"하지만 역시 나쁜 짓은 숨길 수 없나 봐. 내가 루아크에게 부탁해서 브라이언을 죽인 일을 오델 후작이 알아버렸어."

오델 후작. 이름에 반응해 알리시아는 겨우 고개를 들었다.

"그 사람은 지방백 지상주의자라서 원래부터 바스틀가가 페이트린의 영애를 돈으로 산다는 행위 자체를 탐탁지 않게 생각했어. 어떻게든 방해를 하려고 여러모로 뒤를 캐고 있었나 보더군. 영주 권한을 내세워서 반대를 무릅쓰고 상속 싸움에 개입해서 억지로 나를 당주로 세웠지."

그렇게 말한 엘릭스는 아무도 없는 실내를 돌아보았다.

"덕분에 허울 좋은 당주에게 반발한 고용인이 대부분 나가버렸어. 그래서 오늘 밤 요리는 전부 내가 만들어서 날랐지. 남은 고용인도 다 이전과 마찬가지로 날 무시하거나 바보 취급하니까. 오델 후작도 그걸 알면서 아무것도 해주지 않고 말이야."

"……이전에, 카슈반 님께, 들은 것과, 얘기가 달라요……."

카슈반에게 들은 바로는 바스틀가 상속 문제는 어수선한 상속 싸움이 이어진 결과, 혼자 남은 엘릭스가 당주가 되었다는 이야기였을 터였다.

"아직도 믿어주는 거야? 이렇게 알기 쉽게, 내가 처음부터 오델 후작 앞잡이였다고 가르쳐주는데."

엘릭스의 목소리가 다시 멀어졌다.

바닥없는 늪과도 같은, 저항할 수 없는 수마가 알리시아의 의식을 침식했다.

"안 돼…… 식사, 남기…… 잠들다니…… 예의에…… 카슈반 님, 의, 수치……."

디저트만이 남은 접시에 손을 뻗으려던 알리시아는 견디지 못하고 의자 등받이에 몸을 기댔다.

"넌 정말 좋은 아이고 또 좋은 아이야, 알리시아. 결국 두 사람 몫의 요리를 거의 혼자서 먹었네."

디저트 이외에는 접시가 다 깨끗하게 빈 식탁 위를 보고 엘릭스는 솔직하게 감탄했다.

"카슈반도 생각과는 전혀 다르게 무척 좋은 녀석이었어. ─축복받았지. 내가 원하던 걸, 전부 가졌어. 뭐든 맛있게 먹는 신부도, 건강한 몸과 마음도, 고용인과 영민의 충성도. 오델 후작도 그 녀석을 무시할 수 없겠지."

엘릭스가 의자에서 일어나는 소리가 멍하게 들려왔다.

"이런 바보 같은 계획. 분명히 어딘가에서 실패할 게 틀림없으니까 때에 따라서는 스스로 다 폭로할까도 생각했었어. 실제로 루아크가 내 일을 다 폭로하면 거기서 이 계획도 막을 내렸겠지. 하지만 카슈반도 루아크도 다 좋은 녀석들이라서 말이야. 나랑은 다르게."

"엘릭스…… 님, 저…… 죄송해요……. 안녕히, 주무세,

요…….”

자리에서 일어서 무표정하게 내려다보는 엘릭스에게 알리시아는 겨우 인사를 했다.

조금 놀란 얼굴을 한 엘릭스의 표정이 흐릿한 시야 건너편에서 서서히 일그러졌다.

“……라이센 저택에 머물면서 너희가 사는 모습을 보는 사이에 생각이 바뀌었어. 똑같이 벼락출세한 당주인데 왜 카슈반과 나는 이렇게 다를까. ……너무 치사하지?”

더는 눈을 뜨지 못하고 축 늘어진 알리시아의 입술에 냅킨 같은 것이 닿았다.

입술에 묻은 더러움이 정성스럽게 닦여나가는 것이 묘하게 기분이 좋았다.

“너는 정말로 귀엽고 또 재미있어, 알리시아. 내가 만약 처음부터 바스틀가 당주였다면…… 알리시아는 아내가 돼서 나를 좋아한다고 말해주었을 거야.”

야위고 미덥지 않은 엘릭스의 팔이 잠에 빠진 알리시아를 천천히 안아 올렸다.

“저기, 내가 너를 먹어버린다면 카슈반은 어떤 표정을 지을까……?”

[제5장] 배부른 거짓말

바람이 맨살을 더듬는 감촉이 느껴졌다.

"……어머, 이불을 걷어차 버렸나요……."

그렇게 중얼거리며 눈을 뜬 알리시아에게 보인 것은 처음에는 단순한 암흑이었다.

주위를 비추는 것은 있는 듯 없는 듯한 달빛뿐. 아무래도 안경을 쓰지 않아서인지 좀처럼 자신이 처한 상황을 알 수 없었다.

"여기, 어디죠……? 나는, 알리시아…… 그리고 저건…… 음 그러니까 시시하고 평범한 본 적이 없는, 천장……."

라이센 저택처럼 날개 달린 괴물상도 없는, 알리시아의 흥미를 일절 끌지 않는 낯선 천장이 어렴풋이 보였다.

그 점을 희한하게 생각하며 고개를 오른쪽으로 기울이자 알리시아는 자신이 처음 보는, 소박한 방 안에 놓인 침대에 눕혀졌다는 사실을 겨우 알 수 있었다.

"아아, 일어났구나."

엘릭스의 목소리가 발치에서 들렸다.

"어머, 엘릭스 님……? 죄송해요. 저, 잠들고 말았죠……."

그렇게 말하면서 알리시아는 몸을 일으키려 했다. 그런데 어쩐 일인지 손에도 발에도 거의 힘이 들어가지 않았다.

"섣불리 움직이려 들지 않는 편이 좋아. 알리시아는 생각 이상으로 내 요리를 많이 먹어서 약이 잘 듣고 있을 테니까."

엘릭스가 대접해준 요리에 약이.

"……어째서……?"

"금방 알 거야. 맞다, 너무 반응이 없어도 재미가 없으려나."

소리 없이 웃으면서 엘릭스의 손이 알리시아의 드레스로 뻗어왔다.

조금 전부터 이상하게도 바람이 느껴진다고 생각했더니 옷 일부가 풀어 헤쳐져 있었다. 그 사실을 알아차린 알리시아는 사과했다.

"혹시 저, 너무 먹어서 토하거나 했나요……? 죄송해요. 그런 아까운 짓은 하고 싶지 않았는데……."

"하하. 그래서 드레스가 더러워져서 벗기려 든다고 생각하는 거야? 진심으로 말하는 거라면 카슈반도 고생할 만하네."

지나칠 정도로 느긋한 발언에 웃은 엘릭스의 손이 어째서인지 알리시아의 드레스 위를 이리저리 헤매고 있었다.

"음 그러니까. 어떻게 벗기는 거지, 이 옷? 곤란하네. 그렇지 않아도 드레스 같은 건 벗겨본 적이 없는데, 네 옷은 묘하게 시대에 뒤처진 만큼 장식이 많아서 어떻게 해야 할지 알 수가 없어……."

엘릭스도 엘릭스였다. 이런 시점에 이르렀는데도 얼빠진 소리나 하고 있었다. 여자를 다루는 데 익숙진 않은 모양이었다.

"허리 부분에 버클이 있을 텐데요……?"

친절하게 가르쳐준 알리시아에게 한 박자 늦게, 엘릭스가 마른 소리를 냈다.

"……정말로 내가 뭘 할 생각인지 몰라……?"

"뭘 하실 생각이시죠……?"

질문에 질문으로 답한 알리시아를 바라보는 엘릭스의 눈동자가 흔들렸다.

이어서 그는 매우 잔혹한, 심보가 나빠 보이는 눈초리를 했다.

"……바로 알려줄게. 가르쳐줘서 두 번 다시 카슈반에게 얼굴을 들 수 없도록 해주겠어."

음험함이 담긴 차가운 목소리를 낸 엘릭스의 손가락이 난폭한 동작으로 알리시아의 드레스를 헤집었다.

"지금 와서 운다고 그만두지 않을 테니까."

연극 조 대사에 맞춰 엘릭스의 손가락이 때마침 발견한 버클을 풀었다.

체형을 고정하려는 용도의, 숨 막히는 드레스의 앞자락이 풀어 헤쳐졌다. 알리시아의 배에서 가슴을 덮은 천은 이제는 얇은 언더 드레스 한 장뿐.

그때, 엘릭스는 뭔가를 보았다.

"……우와……."

어이가 없다는 듯 중얼거린 엘릭스는 얼굴이 와그작 구겨졌다.

"이거 진짜……."

"엘릭스 님……?"

복부가 색색거리는 것이 더해지자 엘릭스가 움직임을 멈추었다. 이를 알아차린 알리시아는 그를 불러보았다.

"정말……."

처음에 알리시아는 엘릭스가 움직임을 멈췄다고 생각했다.

그러나 잘 보니 그는 바닥을 바라본 채 어깨를 떨고 있었다.

"어머, 엘릭스 님이 먼저 우세요……?"

저를 울릴 생각 아니셨나요. 알리시아는 그렇게 말을 걸었다.

그때, 복도에서 갑자기 엄청난 소리가 들려왔다.

엘릭스는 흠칫 어깨를 떨고는 얼굴을 들어 주변을 돌아보았다.

알리시아도 슬슬 어둠에 익숙해진 눈을 문이 있으리라 추정되는 방향으로 향했다.

"바스틀 백작."

"우왓!"

이번에는 머리맡에서 사이드의 목소리가 들려와 엘릭스는 움찔하는 얼굴이 되었다.

"어머, 사이드…… 루아크도 같이 있네……."

루아크 덕분에 익숙해진 탓도 있어서 알리시아는 전혀 놀라지 않았다.

알리시아는 뒤통수를 침대보에 비비듯이 움직여서 능숙하게 침대 머리맡을 올려다보았다. 그러자 두 은색의 머리카락이 눈에 들어왔다.

"알리시아. 목 다치니까 그 자세는 그만둬."

조용한 목소리로 말한 사람은 얼굴은 잘 안 보였지만 루아크였다.

"다행이다. 사이드와 화해했군요……? 다리는 괜찮아요?"

자세를 되돌리면서 알리시아가 던진 말에 루아크는 말이 없었다.

사이드도 알리시아의 존재 자체를 무시하는 얼굴로 엘릭스에게 짧게 보고했다.

"바스틀 백작, 저택에 침입자가 있습니다. 아무래도 알리시아 님을 쫓아온 것 같습니다."

마침 사이드의 말이 끝났을 무렵, 소음에 섞여 또렷한 사람 목소리가 들렸다.

"알리시아 님!"

"……세이그람, 인가요……?"

"알리시아 님!"

"어머, 레네도……? 다행이다. 무사했군요……."

루아크에게 호되게 당했을 터인 레네의 목소리에 알리시아는 안도의 한숨을 쉬었다.

그러나 또 한 명, 루아크에게 당한 남자의 목소리가 들리지 않았다.

설마라고 생각하는 알리시아의 등줄기가 차갑게 식었다. 그러나 최후의 한 명은 문을 차 부수는 굉음과 함께 나타났다. 그 사람은——.

"알리시아! 무사하냐!"

안경을 쓰지 않은 알리시아에게는 검은 덩어리로밖에 보이지 않았다. 그러나 자신을 부른 이 목소리를 알아듣지 못할 리 없었다.

"카슈반 님……!"

자신이 의식한 것보다 몇 배는 큰 목소리로, 알리시아는 남편의 이름을 불렀다.

알리시아에게는 아직도 검은 덩어리로밖에 보이지 않는 카슈반은 함께 문을 부순 세이그람과 레네를 이끌고 재빨리 실내로 들어왔다.

악마와도 같은 형상을 한 그의 앞을 가로막은 사람은 우선 사이드.

다리를 다친 루아크는 그보다 조금 늦었다. 그래도 보통 사람보다는 빠른 동작으로 형 옆에 나란히 섰다.

"루아크, 사이드…… 안 돼요. 카슈반 님도 다른 사람들도 싸움, 하지 마세요……."

빠지지 않는 약 기운 때문에 혀 짧은소리를 내는 아내의 목소리를 듣고 카슈반이 침대에 시선을 주었다.

거기에는 드레스 앞자락이 다 풀어 헤쳐진 알리시아가 있었다. 그리고 그 발밑에 몸을 구부리고 있는 엘릭스의 모습도.

"전원 눈 감고 나가!"

한눈에 최악의 상황까지 생각이 미친 모양이었다. 카슈반은 주변 공기가 부르르 떨릴 정도로 큰 목소리를 냈다.

거기 대답하는 루아크의 목소리에는 평상시 경쾌함은 온데간데없이 조용하기만 했다.

"괜찮아, 카슈반 형님. 엘릭스 씨는 옷을 벗기려던 것뿐이야."

우선은 오해를 풀어준 뒤, 루아크는 한마디 더 덧붙였다.

"뭣보다 우리 형제를 쓰러뜨릴 수 없다면 카슈반 형님 앞에서 일을 치르게 된다, 는 전개가 돼버리겠지만…… 엇차."

"—죽여버리겠다!"

카슈반은 이미 뽑았던 검을 루아크를 향해 들이댔다.

분노한 나머지 얼굴이 무표정해진 카슈반이 휘두른 칼을 받아낸 것은 사이드의 나이프였다.

"……사이드 형."

"너한테 맡겨놓으면 숨통을 완전히 끊지 않을 테니까."

쌀쌀맞게 말한 사이드가 루아크를 대신해 카슈반과 대치했다.

"루아크, 다시 한번 저와 승부를…… 해줬으면 합니다만, 지금은 당신이랑 싸워도 무의미하겠군요."

왼팔에 생생한 상처가 남은 레네는 이미 루아크의 다리 상태를 알아차린 모양이었다.

그러나 루아크는 손에 든 독침을 바로 쥐며 웃었다.

"……그럴지도 모르지. 하지만 지금 나는 고용주의 말에 따를 뿐이니까. 너는 그럴 마음이 없어도 오델 후작과 엘릭스 씨를 방해할 거라면 나랑 좀 놀아줘야겠어."

"안 돼요……."

전, 현직 암살자끼리 나누는 대화를 듣고, 알리시아가 입을 열었다.

"레네. 루아크는 다쳤어요……. 거기다 루아크는 사이드와 오델 후작님 명령에 따르고 있있을…… 뿐이에요……. 죽이지 말아요."

이 상황에서도 루아크를 감싸는 말을 듣고 카슈반은 날카로운 눈으로 눈앞의 사이드를 노려보았다.

"……뭐가 사이드 형이냐, 머리 나쁜 꼬마를 미끼로 삼아놓고서."

그 말에 압도당했는지 사이드가 아주 짧은 순간 굳어버렸다. 그 손에 들린 나이프를 카슈반이 덥석 붙잡았다. 힘으로 무기를 뺏은 뒤, 여세를 몰아 사이드의 배에 묵직한 무릎 치기를 선사했다.

"사이드 형!"

소리도 없이 자리에 무너지는 사이드를 보고 루아크가 외쳤다.

"루아크, 이 녀석을 그렇게 부르지 마라!"

험악한 얼굴을 한 카슈반이 루아크에게 호통을 쳤다.

그런 카슈반의 등 뒤에서 세이그람이 주의 깊게 자세를 잡으면서 안경을 밀어 올리고는 말했다.

"루아크. 발로이 님이 너에 관해 조사하셨던 내용을 만일을 위해 다시 한번 조사해봤다. 시간은 좀 걸렸지만, 내용은 틀림없을 거야."

"아니— 처음부터 이미 알고 있었을 거다, 너도."

괴로운 울림을 담은 채 쐐기를 박는 카슈반의 말에 루아크의 표정이 사라졌다.

사이드도 걷어차인 배를 끌어안고서 바닥을 노려보듯이 응시한 채 움직이지 않았다.

"……응, 알고 있어. 이 사람은 진짜 사이드 형이 아니라는 거잖아."

"엑!"

루아크가 시원스럽게 내뱉은 말에 놀란 사람은 알리시아뿐이었다.

"그럴 수밖에. 사이드 형은 훨씬 전에 내가 죽였으니까."

다음에 이어진 말에 놀란 사람은 알리시아, 엘릭스, 사이드라고 불리던 청년뿐이었다.

"어…… 어머……."

그렇지 않아도 약 때문에 멍한 머리가 한층 더 혼란스러워졌다. 알리시아는 소리 내어 내용을 정리하기 시작했다.

"음 그러니까…… 어머, 루아크는 사이드를……? 하지만, 그렇다면, 어떻게……."

이미 이 세상에 없어야 할 남자가 형이라 이름을 대며 나타났다.

그런데 왜—.

"속아주고 싶었던, 걸까."

옅게 미소를 띤 루아크의 시선이 바닥을 내려다보는 자세 그대로 굳은 '사이드'를 향했다.

엘릭스도 역시 멍청한 표정을 지은 걸 보고 루아크는 어깨를 으쓱였다.

"아아. 역시 당신도, 엘릭스 씨도 오델 후작님도 그 사실은 몰랐구나. 무리도 아니지. '장난감 군대'에 관한 자료에는, 사이드 형은 내 짐으로 교단의 동정을 사 겨우 살아가고 있다고만 쓰여 있었을 테니까."

가벼운 웃음소리를 낸 후, 루아크는 이번에는 세이그람을 보았다.

"그런 점에서, 라그라드르쪽 정보망은 대단한걸. '날개의 수호' 관련 자료 같은 걸 대체 어떻게 찾았지? 그렇다고는 해도 하나의 부대를 놓고 시시한 줄다리기를 하던 국왕 측과 교단 측이 따로따로 기록을 만들긴 했지만."

웃으면서 루아크는 '사이드'의 손에 제 손을 갖다 댔다.

크게 흠칫하는 손을 잡고 루아크는 그를 일으켜 세웠다.

"사이드 형이 되려면 말이야. 자는 내 목을 졸라 죽일 수 있을 정도로 비겁하고 약해빠진 인간이어야 해. 그렇게까지 해놓고 저항한 나한테 살해당할 정도로 얼빠진 인간이어야지."

아무 말도 하지 않고 '사이드'는 자신과 똑 닮은 얼굴을 지닌 소년을 내려다보았다.

루아크도 또 '사이드'를 올려다보며 후후 기쁜 듯이 웃었다.

"아아. 이렇게 보니까 역시 닮았네. 얼굴도, 기술도. 당신도 '장난감 군대' 생존자지? 나나 레네랑 다른 부대였겠지만."

그 말에 '사이드'는 대답하지 않고 더는 견딜 수 없는지 시선을 돌렸다. 그것을 보고 루아크는 위로하는 목소리를 냈다.

"내 형치고 당신은 너무 정상이야. 또 치명적으로 연기가 서툴러. 양이 적을 뿐 아니라 내용까지 사실과 다른 자료를 기반으로 했으니까 어쩔 수 없지만. 좀 더 잘 해줬더라면 뭐든 시키는 대로 했을 텐데."

"……처음부터 나를, 믿지 않았다는 말인가."

"일단 엄~청나게 나한테만 좋은 기적이 일어났나 생각했어. '날개의 기도' 교단의, 높으신 성직자님이라면 충분히 가능하겠다고 생각했지. 하지만 결정타는 카슈반 형님을 끝장내려 했을 때의 일이려나."

루아크와 '사이드'의 시선을 동시에 받고 카슈반이 몹시 불쾌한 얼굴을 했다.

"내가 무슨 수를 써서라도 숨통을 끊어놓으라고, 말하지 않아서인가."

"절반은 정답. 경비병이 모여드는데 어떻게 할까? 내가 그렇게 물었더니 당신, 후퇴하자고 했잖아? 내가 알고 있는 형이라면 타임아웃을 이유로 임무를 포기하지 않아. 자신의 목숨이 그 뒤에 어떻게 되든지 목표는 확실하게 죽이라고, 절대로 그렇게 말하지."

투명한 웃음을 띤 루아크의 눈은 고개를 숙인 '사이드'의 얼굴을 똑바로 바라보았다.

"물론 나는 초일류 솜씨를 갖고 있으니까 상대가 아무리 강해도 반죽음이 될지언정 임무는 어떻게든 달성하고 무사히 돌아와. 그러면 기다리던 사이드 형은 늦었다느니 어쩌느니 적당한 이유를 대서 나를 막 때리지. 뭐, 형은 다리를 다쳐서 힘줘서 때릴 수 없으니까 크게 아프지 않았지만 말이야."

추억 속에 존재하는 형에게로 향하던 눈이 문득 현실로 돌아왔다.

"다시 말하지만, 당신에게 연기의 재능은 없어. 나한테 속아주는 재능이 있었을 뿐이야."

"……."

"한쪽이 제대로 못 하면, 다른 한쪽이 열심히 노력해서 보완해야지. 그게 두 사람이 함께 있다는 의미니까."

뭐가 웃긴지 루아크는 무척 즐겁게 드러난 어깨를 흔들면서 웃기 시작했다. 상처와 멍투성이 피부가 움직임에 맞추어 희미하게 물결쳤다.

"그런 점에서, 이 몸은 강하고 재능까지 풍부해서 혼자서 뭐든 다 할 수 있지. 사이드 형이 날 질투할 만도 해."

한차례 웃고 난 후, 루아크는 눈앞의 은발 청년을 이렇게 불렀다.

"그러니까 신경 쓰지 마. 누군지 알지 못하는 형."

"……나는……."

"말하지 마. 들을 생각 없으니까. 당신 마음도, 사이드 형 마음도, 아무래도 좋아. 나 혼자 좋아했을 뿐이니까."

'사이드'의 말을 차갑게 내친 루아크는 입가를 일그러뜨리며 중얼거렸다.

"나도 제멋대로지. 그래서 망가진 거야."

그 메마른 목소리를 마지막으로 실내에는 침묵이 가득 찼다.

정적을 깬 것은 카슈반이었다.

"이제 됐지? 루아크."

"⋯⋯응."

순순히 고개를 끄덕이는 루아크의 옆을 지나치며, 돌아보지도 않고 카슈반은 명령했다.

"네 처분은 나중에 하겠다. 레네. 세이그람. 루아크와 가짜 형을 밖으로 끌고 나가라."

성큼성큼 걸어간 카슈반은 가냘픈 달빛이 비치는 침대 옆에 단숨에 다다랐다.

"카슈반 님⋯⋯ 루아크를 용서해주세요⋯⋯."

"엘릭스."

알리시아의 부름에는 대답하지 않고 카슈반은 낮게 엘릭스를 불렀다. 그러면서 손이 위로 올라갔다.

카슈반이 가차 없이 내리친 주먹에 얻어맞은 엘릭스가 둔중한 소리를 내면서 침대에 엎어졌다.

"엘릭스 님⋯⋯! 카슈반 님, 안 돼요⋯⋯!"

"알리시아. 미안하지만 이 녀석의 처우에 관해서는 네 부탁을 들어줄 생각이 없어."

그렇게 선언한 카슈반의 얼굴도 목소리도, 애원이 발붙일 곳이 없을 정도로 차가웠다.

웅얼거리는 듯이 고통스러운 소리를 흘리는 엘릭스의 목덜미를 붙잡아 다시 한번 후려치고는 침대에서 밀어 떨어뜨렸다.

그러고도 아직 분이 풀리지 않은 모양이었다. 카슈반은 부은 얼굴을 하고 격렬하게 헐떡거리는 엘릭스의 목덜미를 붙잡았다. 이번에는 그 상태로 뺨을 한 번 후려갈겼다.

"……아픈, 걸."

"아프라고 때렸으니까 당연하지."

미약한 반응에 카슈반의 얼굴이 점차 흉악해졌다. 전신에서 강한 살기가 피어오르기 시작했다.

"안 돼요, 카슈반 님. 저 식사를 대접받았을 뿐이에요……."

거기다 한층 둔해 빠진 알리시아의 말이 겹쳐졌다. 때문에 카슈반은 엘릭스의 목덜미를 잡은 손가락에 한층 힘을 주었다.

옷깃이 찢어지면서 목을 죄어갔다.

우, 짧게 숨을 토해낸 엘릭스의 얼굴이 검붉은색을 띠기 시작했다.

"카슈…… 꺅!"

당황한 알리시아의 옆에 엘릭스가 내던져졌다.

격렬하게 진동하는 침대 위에서 엘릭스는 기침을 했다. 부아가 치민다는 듯이 그를 바라보면서 카슈반은 이렇게 내뱉었다.

"처음부터 이상하다고 생각하기는 했다. 사신 공주의 연인지 뭔지 모르겠지만, 너는 그런 애매한 일을 빌미로 모르는 사람 집에 들이닥칠 정도로 강하지 않아."

아직 폭력충동을 완전히 억제할 수 없는지 카슈반은 자신의 왼손으로 오른손을 잡은 상태로 말하고 있었다.

"뭔가 꿍꿍이가 있다고 생각하고 있었다. 하지만 네게서는 야심의 냄새가 나지 않았어. 그렇기는커녕 뭔가를 하려는 의지조차 느껴지지 않았지."

분노가 어지간히 강했던 모양이다. 이번에는 오른손으로 왼쪽 손바닥을 두들기면서 카슈반은 말을 계속했다.

"항상 주변 사람을 생각하고, 상황에 휩쓸려가기만 할 뿐이었지. 그래서 나는…… 널 완전히 믿을 수도 없었지만, 완전히 의심할 수도 없었다."

"그 말이 맞아."

기침을 멈춘 엘릭스는 충동을 견디려고 노력하는 카슈반을 보면서 덧없이 웃었다.

"아무래도 좋았어, 나는. 이 치졸한 계획이 잘되든, 되지 않든 말이야. 계획이 잘 굴러가든 그렇지 않든 어차피 나는 분명히 처리될 것이었으니까."

그렇게 말하는 엘릭스의 표정은 평상시처럼 온화했다. 그 모습은 사태가 이 지경까지 이르렀으니 태도를 바꿨다고도 받아들일 수 있는 한편, 자포자기했다고 받아들일 수도 있었다.

"오델 후작도 아마 아무래도 좋았을 거야. 그 사람에게 이 일은 그저 널 괴롭히는 일환에 불과하니까. 만약에 일이 잘되어서 네게서 루아크를 떼어놓을 수 있었다면 더할 나위 없이 만족스러웠겠지. 그 사람은 라그라드르인을 싫어하니까 실딘인으로 구성된 쓸 만한 군대가 있으면 좋겠다고 늘 말했거든."

변명을 하는 것도 아닌 엘릭스의 말에 카슈반은 눈썹을 가볍게 찡그렸다. 그러고는 힐끗 어슴푸레한 실내를 돌아보았다.

레네와 세이그람은 명령을 충실히 이행해준 것 같았다. 아무도 없다는 사실을 확인하고 나서 카슈반은 이런 질문을 시작했다.

"내 아내와 어디까지 갔냐."

슬며시 낮춘 목소리에 당사자인 알리시아는 고개를 갸우뚱하며 답했다.

"어디까지라니…… 음 그러니까 풀코스 2인분 정도를 그냥 쓱싹."

"……풀코스라고……?"

"아니야, 카슈반. 알리시아는 평범한 식사 이야기를 했을 뿐이야."

카슈반이 미묘하게 착각하자 엘릭스가 정정해주었다. 카슈반은 그를 차갑게 노려보았다.

"웃기지 마라. 남녀가 같은 침대 위에 있으면서 아무것도 하지 않을 수 있나."

"일단 너희 부부도 아무 일이 없다고 들었는데. ……화내지 마. 날 때려도 좋지만 알리시아를 의심하면 불쌍하니까. 나도 옷을 찢은 것 외에는 아무 짓도 안 했어."

말을 듣고서도 카슈반의 눈에 서린 날카로운 빛은 사라지지 않았다.

"믿어주지 않는가. 그게 말이지, 잘 봐봐. 알리시아의 배."

"……배."

그 말을 들은 카슈반이 그때까지 되도록 보지 않으려고 했던 알리시아를 똑바로 보고는 할 말을 잃어버렸다.

누워 있는 알리시아의 드레스는 앞부분이 풀어 헤쳐져서 언더 드레스가 노출되어 있었다.

체형 교정 역할도 하는 드레스에서 해방되어 아이처럼 볼록 부푼 배가 언더 드레스를 밀어 올리고 있었다. 덕분에 원래부터 거의 없는 것이나 마찬가지였던 가슴의 볼륨은 행방을 전혀 알 수 없었다.

"어머나…… 너무 먹었나요……? 엘릭스 님이 해주신 요리, 맛있었거든요……."

현재 자신의 모습을 알아차린 알리시아가 살짝 부끄러운 듯이 말했다.

그 말을 듣고 엘릭스는 부풀어 오른 뺨을 손으로 감싸면서 웃기 시작했다.

"봐, 알리시아의 배. 가슴보다도 훨씬 더 튀어나왔잖아……! 정말 너무 웃겨서 말이야."

웃어대는데 눈동자 끝이 촉촉하게 젖으면서 흘러내린 눈물이 침대보에 떨어졌다.

"나는 말이야. 이 아이에게 대체 무슨 짓을 하려고 했던가 생각하니까 정말로…… 정말로 웃겨서……."

웃으면서 울면서 엘릭스는 젖은 눈으로 카슈반을 올려다보았다.

"네가 부러워."

툭 중얼거린 엘릭스는 얼굴을 찡그리면서 몸을 일으켜 침대에 고쳐 앉았다.

"알리시아와 결혼해서 함께 있을 수 있는 네가 부러워. 나나 루아크를 의심하고 조사했으면서 곁에 둘 수 있는 강함이 부럽다. 부러우면서 증오스러워."

카슈반의 손이 다시 한번 올라갔다.

마치 기다리고 있었다는 듯이 눈을 감은 엘릭스의 뺨을 카슈반은 밉살스럽다는 듯이 다시 한번 후려갈겼다.

"카슈반 님, 그렇게 때리시면 엘릭스 님이 죽을 거예요……. 안 그래도 이렇게 야위셨는데……."

어떻게든 몸을 일으키려는 알리시아에게 카슈반은 차갑게 내뱉었다.

"염려 마라. 죽을 정도로는 때리지 않았어. 애초에 이 녀석, 맞으려고 고쳐 앉았던 거다."

카슈반은 자신이 얻어맞기라도 한 듯이 얼굴을 찡그렸다. 그리고는 자신의 말을 부정하지 않는 엘릭스를 내려다보았다.

"나는 약한 자를 괴롭히는 놈도 싫어하지만, 약한 녀석은 어떤 의미로는, 괴롭히는 놈보다 더 싫어한다."

"……약한 자를 괴롭힌다는 말은 이상해. 약하니까 괴롭힘을 당하는 거야."

뺨이 입술 가까이 부어오른 것 같았다. 엘릭스의 목소리는 입 안에서 우물거리는 것처럼 알아듣기 힘들었다.

"하지만 약한 녀석에게는 나름대로 살아가는 방법이 있지. 너 랑 만나서 브라이언의 이야기를 했을 때 반응으로 바로 알았어. 너는 사람을 때릴 수는 있어도 사람을 버릴 수는 없는 남자다. 그러니까 분명히 날 내치지는 않겠다고 생각했지. 나 같은 인간 을 지독하게 싫어한다는 걸 자각하고 있기에 한층 더."

카슈반이 다시 한번 주먹을 쥐었다.

그러나 주먹은 허공을 가르는 일이 없었고, 엘릭스는 그런 그 를 보고 미소 지었다.

"다, 너처럼 강하지는 않아."

'강하다'는 단어에 카슈반이 쥔 주먹에 한층 힘이 들어갔다.

"다들 너를 무서워해. 국왕 폐하도, '날개의 기도' 교단도. 오 델 후작마저도."

어느새 눈물도 멈췄는지 엘릭스의 눈동자는 말라 있었다.

"전부, 다들 무서운 거야. 하극상 풍조는 가라앉은 듯이 보이 지만, 아직도 실딘 국내에 사라지지 않고 남아 있어. 조금이라도 틈을 보인다면 분명히 더 강한 누군가가 소중한 것을 빼앗아갈 지 모른다고 다들 두려워하는 거야."

거기까지 말한 엘릭스는 입술 끝을 일그러뜨리며 웃었다.

"브라이언도 일단은 바스틀의 피를 이은 내 존재가 무서웠겠 지. 그런데도 자존심이 방해해서 죽이지도 못하고…… 그러니 까 도리어 나한테 죽는 꼴이 되었지."

"엘릭스 님……."

알리시아가 부르는 소리 뒤로 카슈반이 주먹에 최대한 힘을 담아 엘릭스를 세차게 후려치는 둔중한 소리가 이어졌다.

비명도 지르지 못한 채 그가 침대에 처박히는 진동에 알리시아까지 바닥에 떨어질 뻔했다.

"정말로 강한 녀석이 '강'공작이라는 웃기지도 않는 칭호를 원할 리가 없잖아."

겨우 침대보를 잡고 버틴 알리시아의 귀에 짜증이 담긴 카슈반의 목소리가 들려왔다.

"너도, 루아크도 마찬가지다. 스스로 죽을 수 없다는 이유로 내 손을 더럽히려고 하지 마."

그렇게 고함을 친 카슈반의 손이 엘릭스에게 뻗어왔다.

무시무시한 박력에 알리시아마저 움찔해서 제지하는 목소리도 내지 못했다.

그러나 카슈반은 엘릭스를 때리지 않고, 멱살을 붙잡아 문 쪽으로 밀쳤다.

"나가라. 지금 당장! 빨리 나가버려!"

어느 쪽이 이 저택 주인인지 알 수 없는 대접을 받으며 엘릭스는 천천히 돌아섰다.

"날, 죽이지 않아?"

"마음 같아서는 당장 죽여 버리고 싶지만. 누가 네놈 희망 같은 걸 들어줄까 보냐!"

더러운 것이라도 보듯이 얼굴을 돌린 카슈반의 모습에 엘릭스는 애매한 미소를 띠었다.

"너는 정말 좋은 녀석이야, 카슈반."

아픈 부위를 문지르면서 엘릭스의 여윈 등이 멀어져갔다.

"미안, 알리시아…… 내 요리를 칭찬해줘서 고마워. 음식 만드는 일은 항상 당연했기 때문에 칭찬받은 적이 없었거든. 정말 기뻤어."

나지막하게 사죄하는 말을 마지막으로 엘릭스는 문 너머로 사라졌다.

어두운 방 안에는 알리시아와 카슈반만이 남겨졌다.

"뭐가 약한 녀석대로 살아가는 방법이냐. 웃기지 말라고."

이미 엘릭스는 그곳에 없었는데도 카슈반은 아직 짜증이 가라앉지 않은 모양이었다.

"나는 인정하지 않아. 약하다면 강해지면 된다. 남이 말하는 대로, 착취당하며 그렇게 살아가는 데에 무슨 의미가 있단 말이냐……!"

"저…… 카슈반 님."

불현듯 자신을 부르는 목소리에 카슈반이 말없이 아내를 향했다.

엘릭스를 상대할 때 부아가 치밀었던 표정은 이미 얼굴에서 사라져 있었다.

그렇기는커녕, 카슈반의 얼굴에는 아무 표정도 없었다.

"카슈반 님, 그러고 보니 독은 괜찮으신가요……?"

그만큼 엘릭스를 때릴 수 있었으니 루아크의 독침에 찔렸음에도 불구하고 카슈반이 무사하다는 것은 금방 알 수 있었다.

그럼에도 절반은 진심으로 걱정이 되어서, 절반은 저런 상태인 남편에게 딱히 걸 말을 찾을 수가 없어서 그렇게 물을 수밖에 없었다.

그러나 카슈반은 아무 대답도 하지 않았다.

말없이 커다란 몸이 갑자기 알리시아에게 올라탔기 때문에 침대가 삐그덕 거렸다.

"카슈……, 응……."

전조도 없이 카슈반의 입술이 알리시아의 입을 막아버렸다.

저도 모르게 눈을 꾹 감은 알리시아의, 지금은 거의 힘이 들어가 있지 않은 손을 카슈반이 누르고 있었다.

키스는 몇 번인가 한 적이 있지만 이런 식으로 당한 적은 처음이었다.

이렇게 거칠게, 초조함을 부딪치는 듯이 당하는 것도.

"후아……, 응, 카슈반 님……?"

호흡도 제대로 할 수 없어서 살짝 눈물에 젖은 눈이 된 알리시아를 카슈반은 겨우 해방해주었다.

그러나 그 얼굴은 알리시아의 바로 근처에 머물러 있어서, 날카로운 눈이 바로 곁에서 물끄러미 자신을 바라보고 있다는 사실을 잘 알 수 있었다.

검은 눈동자 깊숙한 곳에 있는 어두운 빛을 감지한 순간, 알리시아는 저도 모르게 몸을 움츠렸다.

며칠 전 카슈반의 방에서 느꼈던 것과 같은 공포.

잡아먹힌다.

그렇게 표현하는 것이 가장 가까울까.

"—다른 남자에게 선수를 빼앗기느니."

등골이 오싹할 정도로 무언가를 품은 목소리가 탄식과 섞여 뺨을 간질였다.

상냥하게, 때로는 놀리듯이 언제나 머리를 쓰다듬어주는 손이 뻗어오기가 무섭게 알리시아는 반사적으로 몸을 굳혔다.

"알리시아. 내가 무서운가?"

알리시아의 반응을 민감하게 감지한 카슈반이 덤덤한 목소리로 물었다.

"……지금, 의, 카슈반 님은……무섭, 습니다……."

솔직한 대답을 들은 카슈반의 눈이 순간적으로 날카로워졌다.

그 반응에 알리시아는 한층 더 몸을 딱딱하게 굳혔다. 그러나 무슨 생각을 했는지 카슈반은 갑자기 아내 위에서 몸을 일으켰다.

"카슈반 님……."

"이따금 네가 무섭다."

생각지도 않은 말에 알리시아는 놀라서 눈을 껌벅거렸다.

"어머, 저는 그래도 카슈반 님을 잡아먹는다거나 하는 생각은 안 한답니다……?"

그 말의 의미를 이해하지 못한 듯, 카슈반은 이상한 얼굴을 했다.

그러나 바로 작게 웃고는 알리시아의 몸에 손을 뻗어왔다.

방금 전 당했던 것 같은 키스를 당하리라 예측한 알리시아는 다시 몸을 굳혔다.

그러나 카슈반은 흐트러진 드레스 앞자락을 뽈록 튀어나온 배가 괴롭지 않을 정도로 여며주었을 뿐이었다.

"……나도 엘릭스를 비웃을 수 없군. 머리가 어떻게 됐어. 이런, 가슴보다도 배가 더 튀어나온 상태인…… 시키는 대로 할 수밖에 없는 여자를 상대로."

괴롭게 중얼거리는 목소리에 여느 때 강함은 없었다.

"영주의 지위를 더욱 공고히 하기 위해. ……강해지려고 너를 샀다. 그런데……."

독백을 도중에 멈춘 카슈반은 약이 오른다는 듯이 혀를 차고는 머리를 저었다.

초조함과 짜증스러움을 표현하는 동작을 취한 후 손가락이, 온기가 멀어졌다.

그렇게 느낀 순간, '배가 아픈' 감각이 알리시아를 덮쳤다.

"……알리시아."

아내의 가느다란 손가락이 뻗어와 자신의 손을 붙잡는 것을 느낀 카슈반은 낭패스러운 목소리를 냈다.

이번에는 그가 알리시아의 손을 뿌리치고 말았다.

"……죄송해요, 카슈반 님. 제가 싫어지셨나요……?"

생각해보면 바스틀 저택에 끌려오기 전에도 카슈반의 상태는 좀 이상했다.

아즈베르그의 폭군이라 불리며 성질이 불같기로 유명했지만 카슈반은 알리시아에게만큼은 항상 기본적으로는 상냥했다. 그런 그가 보인 격렬한 감정.

이전에 폐허가 된 장미 정원에 발을 들여놓았을 때처럼 명확하게 당부를 어기지도 않았따. 하지만 남편의 눈에는 자신에 대한 분노가 깃들어 있었다.

우물 바닥에서 루아크에게 했던 말이 떠올랐다.

미움받더라도.

"하지만 카슈반 님이 절 싫어하셔도…… 저는 카슈반 님이, 좋, 답니다……."

놀라서 눈을 크게 뜨는 카슈반의 손을 알리시아는 다시 잡아 보았다.

이번에는 뿌리치지 않음에 안도한 알리시아의 입가가 기쁨으로 벌어졌다.

"사신 공주라고 불리며…… 외톨이가 된 저를 사주시고 곁에 있게 해주셨어요……. 부자고 관용적이며 상냥한 이상적인 서방님이랍니다……."

알리시아는 누군가를 싫어하는 일이 거의 없다.

하지만 주위 사람들이 알리시아를 피하는 일은 종종 있었다.

그 계기는 '사신 공주'라고 불리기 시작했기 때문은 아니었다.

이전부터 가문이 몰락했음을 받아들이지 못했다고, 시대에 뒤처진 허세꾼 페이트린의 딸이라고 줄곧 경멸당했다.

빈곤한 알리시아가 즐길 수 있었던 취미라고는 고작 괴기 소설을 읽는 정도였다. 그마저도 이해해주는 사람은 주변에 없었다.

　쇠약해진 부모님을 간병하노라면 '오르간이라도 치세요'라며 방에서 쫓겨나 버렸다.

　병이 옮지 않도록 배려를 포함한 행동이라는 사실을 알고 있었다. 하지만 부모님에게서 쇠약해진 얼굴과 화난 얼굴밖에 볼 수 없어서 괴로웠다.

　"죄송해요. 저, 이따금 사람을 짜증 나게 만드나 봐요…….카슈반 님은 상냥하시니까 아무것도 하지 않아도 좋다고 말씀해주셨으니까…… 그 말에 어리광을 부려서 분명 사치스러워졌나 봐요……. 곁에 머물게 해주신 것만도 무척 고마운 일이었는데……."

　사치스러워져서는 안 된다. 빈곤한 생활을 하면서 알리시아가 체득한 진리.

　한번 만족을 알아버리면 다시는 아무것도 가지지 못했던 나날로는 돌아갈 수 없으니까.

　"카슈반 님은 제 이상적인 서방님이시지만…… 카슈반 님은 어떤 아내가 이상형이시죠……? 잘할지 모르겠지만 노력할 테니까 가르쳐 주시겠어요……? 음, 그러니까 가슴이 큰 편이 좋으신가요……."

　"……우선 안경부터 제대로 써라. 뭐에 대고 얘기하는가, 넌."

손까지 잡았음에도 불구하고 알리시아의 시선은 카슈반에게서 조금 벗어난 곳을 향하고 있었다.

어머, 알리시아가 작게 소리를 냈다. 그런 알리시아의, 자신의 손을 붙잡은 손을 카슈반은 문득 같이 쥐었다.

"……아마도, 사치스러워진 것은 내 쪽이겠지."

그렇게 말하면서 카슈반은 잡은 손을 잡아끌어 알리시아를 일으켜 세웠다.

이어서 드레스 앞을 본격적으로 여며주려 했지만, 억지로 옷을 여미면 볼록 튀어나온 배가 괴로우리라 생각한 모양이다.

대신 망토를 벗어서 알리시아의 어깨에 걸쳐주었다.

"내가 네게 유용한 남자라면 너도 내게 상당히 유용한 여자다. 유서 깊은 명문가의 피를 이었고, 고가의 드레스도 보석도 바라지 않으며, 애인에게도 관대하고 혼자 내버려 둬도 아무 불평도 하지 않고, 맛있는 식사도 만들어주고…… 좋아한다고 말해주는."

속삭이듯이 혼잣말을 하면서 카슈반은 망토로 알리시아의 전신을 정성스럽게 덮으며 얼굴 이외에는 완전히 감춰진 아내를 바라보았다.

"덧붙여 돈으로 사들인 아내니 입장이 약해 내게는 거역할 수 없지. 체력은 있지만 팔 힘은 없으니 힘으로 해보려 한다면 어떻게든 마음대로 다룰 수 있어."

입에서 나오는 말은 차가웠다.

하지만 알리시아의 뺨으로 뻗은 손은 부서지기 쉬운 물건이라도 다루는 듯 상냥했다.

"남에게 머리 나쁜 꼬마를 이용하지 말라고 말할 자격이나 있는지……. 하르바스트의 피를 이은 남자는 정말로 구제 불능이야."

자조가 어린 슬픈 목소리.

더는 손을 대기조차 두려워하는 듯 살살 뺨을 쓰다듬기만 하는 손가락의 움직임.

"……카슈반, 님."

또다시 '배가 아픈 감각'이 알리시아를 덮쳤다.

하지만 그 감각은 지금까지 느꼈던 것과는 조금 달랐다. 달콤함이나 행복함을 동반하지 않았다.

"카슈반 님, 저……."

저도 모르게 알리시아는 손을 뻗어 카슈반을 끌어안으려 했다.

그러나 알리시아는 망토에 완전히 싸였기 때문에 움직임은 두꺼운 천에 가로막혀 카슈반에게는 전달되지 않았다.

그러나 알리시아의 모습에서 카슈반은 뭔가를 감지한 것 같았다.

그리고 알아차렸으면서 그것을 무시했다.

"—이상적인 아내, 인가. 우선 무엇보다도 내 앞에서 멋대로 사라지지 않는 아내라면 좋겠군."

카슈반은 여느 때 여유를 되찾은 목소리로, 알리시아의 머리를 여느 때처럼 쓰다듬으며 안경까지 제대로 씌워주었다.

"걱정했다."

카슈반이 하는 대로 얌전히 그의 팔에 안겨서 알리시아는 아무도 없는 방을 뒤로했다.

바스틀 저택의 아름다운 정원으로 나온 알리시아와 카슈반을 보고 세이그람이 머리를 숙였다.

"강공작 각하, 마님. 이자들의 처분은 어떻게 할까요."

세이그람의 손에는 검이 들려 있었다.

그는 레네와 거기에 카슈반이 데리고 온 것으로 추정되는 병사와 함께였다. 이들은 달빛 아래에 선 사람 그림자 세 개를 포위하고 움직임을 감시하고 있었다.

그러나 정작 세 죄인에게는 도망치거나 목숨을 구걸하는 기색이 없었다.

루아크, '사이드', 거기에 엘릭스.

앞의 두 사람은 둘째 치고, 마지막 한 사람은 정원에 병사가 배치되었음을 알면서도 태연히 걸어 나온 결과 이렇게 된 모양이었다.

"알리시아. 저 세 사람을 어떻게 하길 바라지?"

"음 그러니까…… 가능하다면 살려주셨으면 해요."

알리시아의 변함없는 말에 우선 반응한 자는 엘릭스였다.

"……알리시아는 정말로 좋은 아이구나. 하지만 네 서방님에게는 조금 다른 의견이 있겠지."

엘릭스는 부풀어 오른 뺨에 애매한 미소를 띠고 각오를 다진 얼굴이었다. 그에게 카슈반이 못을 박았다.

"어리광 부리지 마라. 말했을 텐데. 네놈의 뜻은 들어줄 수 없어."

쌀쌀맞게 단언한 후, 카슈반은 힐끗 루아크에게 시선을 던졌다.

"그러나 너와 루아크가 나를 알리시아의 남편이 되게 해줬지. 나는 그 점에는 감사한다."

나는, 이라는 부분을 카슈반은 강조했다.

"오델 후작이 앞으로 널 어떻게 할지는 몰라. 그러나 바스틀가 주변에 오델 후작 쪽 사람의 모습은 보이지 않는다. 루아크가 나를 죽이는 데 실패했을 때부터인 것 같다. 아무래도 계획이 실패했다는 사실을 깨닫고 재빨리 손을 뗐겠지."

과연 물러날 때를 잘 알고 계시는군. 빈정거리듯 중얼거리고 카슈반은 엘릭스에게 명령했다.

"뒷일은 나도 모른다. 너 좋을 대로 해. 그러나 만일 살아남는다면 오델 지방의 발판이 되어 나를 위해 일해 줘야겠어. 특별히 내가 먼저 오델 지방을 침공할 생각은 없지만 저쪽이 그렇게 생각한다면 상응하는 준비를 할 필요가 있으니까."

"그래요. 베풀 수 있는 은혜는 베풀어놓는 법이죠! 그야 죽이는 건 언제든지 할 수 있으니까요."

안도한 알리시아가 동조했다. 그 말을 들은 엘릭스가 한 박자 늦게 소리를 내 웃기 시작했다.

"아아, 너희는 정말 궁합이 잘 맞는 부부야……! 나로서는 도저히 알리시아의 남편 노릇을 할 수 없겠어……."

"어머, 엘릭스 님. 저랑 카슈반 님이 눈물 날 정도로 재밌는 일을 말씀드렸던가요?"

눈가를 반짝이는 엘릭스에게 알리시아는 의아한 얼굴을 했다.

"폭주한 정부조차도 개심시키는 부부의 유대…… 훌륭합니다. 참고하겠습니다. 이처럼 도움이 되는 사례를 점차 쌓아간다면 발로이 님도 결혼이 얼마나 멋진지 이해해주실 겁니다."

어디까지나 자기 본위로 중얼거리는 레네는 우선 놔두고, 카슈반은 루아크와 '사이드'에게 눈을 돌렸다.

"자, 그럼 다음은 너희 바보 형제인데."

형제라는 말에 루아크가 움찔 반응했다.

그 뺨을 카슈반이 후려갈겼기 때문에 알리시아는 깜짝 놀라고 말았다.

"카슈반 님, 뭐 하시나요!"

놀라는 알리시아를 보고도 카슈반의 반응은 차가웠다.

"우선 한 대 때려도 괜찮겠지. 이 녀석은 나를 배신하고 찌르고 알리시아, 너를 납치했다."

"어, 그건 뭐, 그렇긴 한데요."

부정하지 않고 알리시아는 엉덩방아를 찧은 루아크에게 일단 달려가려고 했다. 하지만 그보다 먼저 루아크의 옆에 몸을 숙인 자가 있었다.

사이드라고 이름을 댔던 은발 청년이었다.

"아……, 그게."

루아크 본인이 말없이 뚫어지라 쳐다보는 바람에 그는 약간 낭패스러운 기색으로 얼굴을 돌렸다.

루아크 자신도 일어서려 하지 않았다.

그대로 굳어버린 두 사람을 내려다보며 카슈반은 다시 한번 주먹을 들어 올려, 이번에는 '사이드'를 후려갈겼다.

"알리시아, 이 녀석은 저택에 침입할 때 경비병을 몇 명이나 죽였다. 원래대로라면 베어버려도 불평할 수 없는 처지야."

또 뭔가를 말하려는 알리시아에 앞서 카슈반은 쌀쌀맞게 말했다.

쥐 죽은 듯이 조용해진 자리에 레네의 냉정한 목소리가 들렸다.

"루아크. 당신의 솜씨를 높이 사, 한 가지 부탁을 하겠습니다. 발로이 님 용병단에 들어오지 않겠습니까."

"……헤."

이 말에는 루아크도 놀란 모양이었다. 녹색 눈동자를 동그랗게 떴다.

"제가 이번에 라이센 저택을 방문한 이유는 세 가지입니다. 첫 번째는 강공작 부부의 러브러브하는 모습을 참고로 삼기 위해서. 두 번째는 거유 하녀가 어떤 자인지 파악하려고. 마지막 세 번째가 용병단과 호각 이상인 솜씨를 가진 소년 암살자의 정체를 확인하기 위해서였습니다."

술술 말한 레네는 자리에 있는 전체의 주목을 한 몸에 받고 있다는 사실을 신경 쓰는 기색도 없이 말을 계속했다.

"발로이 님은 항상 용병단 전체의 이익을 생각하고 계십니다. 즉, 강력한 단원의 확보와 사업상 정적의 처리. 새로운 돈줄의 모색입니다."

"……덧붙여 돈줄을 놓치지 않으려는 모략, 도 포함시키는 게 어때."

디네로와의 일에 관해서 카슈반이 야유를 날려도 레네는 무시했다. 레네의 눈동자는 천천히 일어서는 루아크만을 보고 있었다.

"루아크. 발로이 님이 라이센 강공작 이외의 남자 이름을 그만큼이나 입에 담았어요. 제가 듣기로는 그런 적이 처음입니다. 물론 단순히 사업상 정적이라면 처리해야겠죠."

레네의 말을 루아크가 가로막고는 뒤를 이었다.

"하지만 레네, 네가 있잖아. 그러니까 발로이 아저씨가 옛날 인연을 이용하라고 너한테 시켰어? 내가 자기 용병단에 들어오도록 권유하라고?"

루아크의 말에 레네는 고개를 저었다.

"아뇨. 발로이 님은 그저 당신의 자료를 제게 보여주시고 알고 있느냐고만 물으셨을 뿐입니다. 저와 똑같은 처지인 것 같다고, 발로이 님께 그렇게만 대답했습니다. 권유는 어디까지나 제 의지. 명령을 받고 오진 않았습니다."

다시 발로이의 명령이라는 의문을 부정하고 레네는 루아크를 똑바로 바라보았다.

"과거에 속했던 부대가 해체된 후, 폐기 대상이 된 저는 도망쳤습니다. 각지를 떠돌며 살아남을 방도를 모색했습니다만, 딱히 늘어놓을 수 있는 과거를 갖지 못한 저는 실딘 국내에서는 도저히 직업을 얻을 수 없었습니다."

그렇지 않아도 레네의 용모는 매우 특이했다. 거기다 국가의 어두운 부분과 관련되어, 과거의 경력이 말소되기까지 했다. 사람들은 그런 레네를 기분 나빠하며 관련되기를 피했을 것이다.

"갈 곳이 없어 방황하던 저를 발로이 님이 주워주셨습니다. 본래 라그라드르인이 아닌 사람이 용병단 정규 일원으로 맞아들여지는 일은 없습니다. 그러나 그분은 주위의 반대를 누르고, 그것도 여자로서가 아니라 한 사람의 병사로서 저를 받아들여 주셨습니다. 용병단에는 그런 류의 여자들은 항상 딸려 있기 마련입니다. 그런데도…… 그런 남자가 이 세상에 존재한단 사실을 저는 알지 못했었습니다."

마지막까지 담담한 어조로 말한 레네의 마지막 단어에서만큼은 뜨거운 무엇인가가 엿보였다.

"루아크. 라이센 강공작이 당신의 주인으로서 걸맞지 않는다고는 말하지는 않겠습니다. 발로이 님과 교류를 갖고 계신, 사람 보는 눈이 있는 분입니다. 그러나 우리는 결국 뒷세계에서 살아가는 자들. 벼락출세했다고는 하나 귀족인 이분 곁에 언제까지 있을 수 있을지 어떨지는 알 수 없지요."

실제로 카슈반은 조금 전 루아크를 때리기만 했을 뿐, 용서한다고는 한마디도 하지 않았다.

침묵한 채 표정을 움직이지 않는 카슈반을 알리시아는 불안한 듯이 올려다보았다.

　"카슈반 님. 역시 아직도 루아크에게 화가 나셨나요……? 그렇죠. 분명히 카슈반 님을 찌른 일은 잘못이죠. 거기에 기껏 준 수호석도 잊어버리고 갈 정도로 덜렁대는 구석도 있고……."

　"……잊어버리고 갔다?"

　의아한 듯이 카슈반이 되묻는 말을 듣고, 저도 모르게 루아크가 웃음을 터뜨렸다.

　"아—, 진짜 카슈반 형님만이라면 몰라도 알리시아 곁을 떠나기는 좀 괴롭네……."

　그리고 잠자코 대답을 기다리는 레네를 향해 말했다.

　"저기, 일부러 걸음을 해줬는데 미안. 역시 발로이 아저씨한테는 갈 수 없어."

　뭔가를 말하려는 레네를 루아크는 한 손을 들어 가로막았다.

　"그 아저씨가 생각보다 좋은 사람 같다는 건 알겠어. 하지만 그 사람은 요전에 그 시점에는 내 주인님인 사람을 멋지게 물 먹였거든. 나도 의외로 그런 거는 확실하게 하는 편이라서."

　엘릭스의 일을 알리시아에게도 카슈반에게도 말하지 않았던 것처럼.

　"……그런 것치고는 본인은 몇 번이나 나를 배신했던 기분이 드는데."

　카슈반이 혼잣말하자 "응. 내 기준에 딱 들어맞으니까"라고 루아크는 웃는 얼굴로 대답했다.

"대신이라고 말하기는 좀 그렇지만 이 사람을 데려가 줄래? 나보다 약하지만 그럭저럭 세니까."

루아크의 시선 끝에 있는 것은 형의 이름을 사칭한 가짜.

눈을 크게 뜬 '사이드'에게 루아크는 방긋 웃어 보였다.

"오델 후작이 소문대로인 남자라면 언젠가 당신도 살해당할 거야. 하지만 발로이 아저씨한테 가 있으면 우선 괜찮지 않을 까. 라그라드르인에게 함부로 손을 댈 정도로 바보는 아닐 테니 까. 그 아저씨가 당신 같이 완전 절벽인 남자를 자기 용병단에 넣어줄지 어떨지는 모르겠지만."

경박한 소리를 해대는 루아크를 바라보며 그는 천천히 말했다.

"나는, 제다다."

갑자기 본명을 댄 가짜 사이드는 놀라는 루아크에게서 결국 눈을 돌렸다.

"이전부터 사람들은 날 너로 자주 착각하곤 했다. 착각한 사람이, 네 이름으로 의뢰한 적도 몇 번인가 있었지. 나와 닮은, 나보다 훨씬 강한 녀석. 솔직히 눈엣가시라고 생각했다."

제다는 원래부터 루아크의 존재를 알고 있던 모양이었다. 그에 대항심도 작용해서 이번 일을 맡았으리라.

"……내가 정말로 형이었다면 좋았을 텐데. 내게는 가족이 있는지 어떤지조차 모르니까."

작은 목소리로 중얼거린 제다는 표정을 읽히는 것을 피하려는 듯이 고개를 숙였다.

잠시 시간이 흐르고 루아크는 후, 숨을 토해내고는 레네를 돌아보았다.

"레네. 제다 형을 부탁할 수 있을까."

"알았습니다. 다소 예정에서 벗어나기는 했지만 선물이 전혀 없는 것보다는 나을 테죠."

일체 표정 변화가 없는 얼굴로 레네는 그렇게 말했다.

달빛 아래, 전부 각자 움직이고 있었다.

엘릭스는 혼자 아무도 없는 저택으로 돌아갔다.

세이그람은 시원스럽게 지시를 내리면서 물러날 준비를 서두르고 있었다. 레네는 제다를 데리고 이미 어디론가 모습을 감추었다.

"우리도 돌아간다. 루아크. 따라와라."

알리시아는 아직 망토에 감겨서 카슈반의 팔 안에 안겨 있었다. 아내를 안은 채 준비해둔 마차로 걸어가는 카슈반의 뒤를 쫓아, 루아크가 잠자코 걷기 시작했다.

그러나 다친 곳을 오랫동안 그냥 놔뒀기 때문일까, 아니면 무리하게 움직였기 때문일까. 부기가 심해진 다리가 잘 움직이지 않는 모양이었다. 한쪽 다리를 질질 끌며 걷는 것을 보고 알리시아가 도움을 요청했다.

"잠깐 기다려주세요, 카슈반 님. 루아크는 다리를 다쳤어요."

"그러고 보니 그랬지. 이봐. 어깨 정도는 빌려주마."

멈춰선 카슈반이 하는 말을 듣고 루아크는 희미하게 웃으면서 고개를 저었다.

"아니, 미안하지만 신장 차이를 생각해주겠어? 형님에게 매달리듯이 해서 걷는 쪽이 더 힘드니까 됐어."

"그럼 안아주시면 어떨까요."

자신의 팔에 안긴 알리시아가 그렇게 말하자 카슈반은 잠시 생각하는 표정이 되었다.

"……너도 루아크도 가벼워 보이지만 두 사람을 끌어안기는 역시 불가능하지."

"그럼 절 내려주시면 돼요. 이제는 혼자 걸을 수 있으니까."

어느새 약 기운도 완전히 빠졌는지, 알리시아의 어조도 몸도 평상시대로 돌아와 있었다.

"하지만 아직 옷을 풀어헤친 채잖아. 배가 그렇게 나와서는 제대로 여밀 수 없을 텐데."

두 사람 대화를 듣던 루아크가 놀랐다.

"얼레, 카슈반 형님. 언제 알리시아의 배를 부풀게 했어? 그 짧은 시간에 대단한데."

다소 과격하지만 보통 때와 별로 다르지 않은 놀리는 말에, 카슈반은 왠지 진지한 얼굴이 되었다.

"─그런가. 초야 다음에는 당연히 그런 전개인가."

지금에야 알아차린 듯이 혼잣말을 하는 입가에 쓴웃음이 떠올랐다.

"진짜, 남자는 이래서……."

"카슈반 님?"

배가 어떤지 상태를 살펴보려고 품 안에서 부스럭거리던 알리시아가 부르자 카슈반은 미소를 거둬들였다.

"알았다. 알리시아 좀 보여 봐라. 일단 내가 확인하고…… 어떻게 된 거냐, 네 소화 기관은."

망토에 싸였던 아내를 지면에 내려놓고, 복부를 확인한 카슈반은 어처구니없다는 얼굴을 했다.

완전히 원상태로 돌아가진 않았다. 그러나 부풀었던 배는 어느새 상당히 꺼진 채였다. 알리시아는 스스로 얼른 드레스 앞자락을 여몄다.

"이걸로 됐답니다. 자, 루아크를."

그 말에 카슈반은 한숨을 쉬면서 루아크에게 다가가 등을 향하고는 몸을 숙였다.

"자, 업혀라."

약간 놀란 얼굴을 한 루아크의 입술에 안타깝다는 미소가 떠올랐다.

"……역시 품에 안기는 싫다는 거군. 하지만 남의 등에 업히는 게 몇 년 만인가 몰라."

그렇게 중얼거린 루아크를 등에 업고 카슈반이 알리시아에게 보조에 맞춰 천천히 걷기 시작했다. 알리시아도 조금 전까지 몸에 둘둘 말았던 망토를 안고 옆에 나란히 섰다.

"우후후. 이러고 있으니 우리 마치 부모 자식 같네요."

왠지 모르게 즐거워진 알리시아가 천진난만하게 하는 말을 들고 카슈반도 루아크도 동시에 눈을 크게 떴다.

"……이거 원, 알리시아는 여전히 천연에 남의 상처를 헤집는 재주가 있구나."

쓴웃음을 지은 루아크의 눈동자가 문득 아득해졌다.

"내가 옛날에 있었던 '장난감 군대'라거나 '날개의 수호'라고 불리던 조직은 말이지. 전체적으로 능력을 유지하려고 구성원에게 순위를 매겼어. 그리고 일정 순위에서 탈락하면 살해했지."

"……루아크."

카슈반이 그를 불렀지만 루아크는 그대로 계속 떠들었다.

"원래 전부 연고도 없는 가난한 아이들뿐이었고, 또 그런 조직이라서 말이야. 임무를 수행할 때는 연계를 하기도 했지만 동료 간에 경쟁이라든가 그런 게 심했어. 그래서 한층 더 나는 오직 하나뿐인 형을 잃기 싫어서 말이야. 힘내고 힘내서 형이 다리를 다친 후에도 내가 형 몫까지 할 테니까 형을 봐달라고 제멋대로 굴 수 있을 정도로 노력했어."

과거 자신의 어리석음을 가련히 여기듯 말한 뒤, 루아크는 툭 중얼거렸다.

"그렇지만 사실은 알고 있었어, 나. 나쁜 건 나야. 내 힘이 부족했기 때문이야."

"루아크. 이제 됐다. 그만해."

"내가 좀 더 좀 더 강하고 마음도 넓고, 사이드 형이 열등감 같은 걸 느끼지 않을 정도로 지혜로웠다면 좋았을 텐데. 그런데 나는 강하다, 형을 구해줄 수 있다고 자만에 빠졌어. 형이 어떤 기분인지 생각하지도 않고."

카슈반이 제지해도 듣지 않고 루아크는 오랜 세월, 가슴에 담아놓았을 마음을 털어놓았다.

"어릴 때는 사이드 형이 더 강했어. 강하고 상냥했지. 하지만 점점 내가 강해지고 나서 변해버렸어. 다리를 다친 것도 나랑 비슷한 정도로 임무를 수행하려다가 실패한 결과였고."

거기까지 말하고 루아크는 갑자기 차가운 목소리를 냈다.

"뭐, 자신보다 격이 낮은 상대에게만 상냥하게 대할 줄 알던 인간이었을지도 모르지."

"루아크……."

이번에는 알리시아의 부름에 루아크는 다시 원래 목소리로 되돌아왔다.

"그래도 나는 가족이 좋아."

카슈반의 어깨에 머리를 기대고 루아크는 지쳤다는 듯이 눈을 감고 중얼거렸다.

"동료라든가 친구라든가 부부는 관계가 변할 가능성이 있는 걸. 그러니까 가족이 좋아. 아무리 증오하고 미워해도 절대로 끊을 수 없는 유대가 좋아."

그 말을 들은 카슈반의 옆얼굴에 괴로운 그림자가 드리워졌다.

"……그저 피만 이어진 가족도 있다. 아무리 증오하고 미워해도 혈연이라는 사실만큼은 지울 수 없는 그런 사람도 있어."

아버지를 떠올린 것일까. 카슈반은 솔직하게 루아크의 말에 고개를 끄덕일 수 없는 듯이 보였다. 그런 그의 곁에서 알리시아는 그러게, 라는 얼굴을 했다.

"저기, 루아크. 그럼 우리 가족 할래요?"

갑작스러운 제안에 루아크와 카슈반이 또다시 눈을 동그랗게 떴다.

"서방님을 두 명 둘 수는 없고, 또 애인은 가족이 아니니까 아들이 어떨까요? 우리는 아직 아이가 없기도 하고요."

남편의 동의를 얻지도 않고 멋대로 제안을 시작한 알리시아를 내려다보며 루아크가 성대하게 웃음을 터뜨렸다.

웃음을 터뜨린 박자에 카슈반의 목에 둘렀던 팔을 조여 버린 모양이었다. 얼굴을 찡그린 카슈반에게 가볍게 얻어맞으면서도 루아크는 한바탕 웃어젖혔다.

"―알리시아, 우물 밑에서는 미안했어. 나, 알리시아를 사실은 무지무지 좋아하니까……."

훔쳐도 훔쳐도 눈에서 계속 흘러나오는 눈물은 너무 웃어서 나오는 눈물만은 아닌 것 같았다.

"언젠가 두 사람 사이에 진짜 아이가 태어나면…… 그러면 이번엔 내가 형이 되는 건가."

작은 목소리로 중얼거린 루아크는 아무 말 없는 카슈반에게 장난스러운 미소를 지어 보였다.

"걱정하지 마. 카슈반 형님. 진짜로 호적에 올리라는 말은 하지 않을 테니까. 오늘만 거짓말해줘도 좋아. 알잖아? 나한테는 속아주는 재능이 있다는 걸."

"어머, 카슈반 님은 루아크가 아들이 되는 게 싫으신가요? 분명히 전혀 닮지 않았지만 그래도 겉보기 나이로는 어떻게든 부모 자식으로 통할 것 같은데요."

자칫하면 자신도 딸로 보일 알리시아의 말에 카슈반은 포기했다는 듯이 한숨을 쉬었다.

"루아크. 나랑 알리시아가 준 수호석을 잊어버리고 갔지."

카슈반이 확인하는 말에 루아크는 잠시 간격을 두었다가 고개를 끄덕였다.

"……응. 미안. 카슈반 형님, 알리시아. 두 번 다시 잊어버리지 않을게."

갸륵한 한마디에 카슈반은 옅게 웃으면서 말을 덧붙였다.

"그렇지. 덧붙여 독의 양을 줄인 독침으로 사람을 찌른다는 얼빠진 짓을 했으니. 그래서야 도저히 발로이 용병단에는 들어갈 수 없겠지."

"어머, 그래서 카슈반 님이 멀쩡하셨군요. 루아크도 꽤 덜렁대네."

그 말을 진짜로 받아들인 알리시아에게 눈길을 주며 루아크도 웃으면서 되받아쳐 주었다.

"아하하. 그렇지 뭐. 그런데 카슈반 형님. 알리시아가 만들었던 비료불요초 요리를 몰래 먹었잖아. 그 덕분이기도 하잖아? 혹시 나한테 찔릴지도 모른다고 예지했나?"

"어머, 어머. 결국 아무도 먹지 않아서 단이 쥐 잡는 데 쓴다고 말했었는데……. 카슈반 님, 드셨어요? 드시려면 다른 요리와 함께 먹어서 위를 보호해줘야 하는데. 초심자에게는 위험할지도 모르거든요."

"……시끄럽네. 그저 마침 배가 너무 고팠을 뿐이야."

오히려 무덤을 파는 꼴이 되었다는 것을 깨달은 모양이었다. 카슈반은 두 사람에게서 시선을 돌리며 말했다.

"알았다. 나도 속아주마."

그리고 등 뒤의 루아크를 추켜올리듯이 해서 다시 업고는 작게 중얼거렸다.

"아직 제대로 첫날밤도 못 치렀는데 벌써 이렇게 커다란 애가 생기고 말았어……."

복잡한 심정이 담긴 목소리에 아주 작은 루아크의 중얼거림이 섞였다.

"저기, 진짜 애가 생겨도 되도록 날 버리지 말아줘."

"……바보 녀석. 당연하지."

퉁명스러운 그 한마디도 바람에 섞여 사라져갔다.

종장

저택에 돌아오고 나서 3일째인 점심때.

오델 후작은 결국 바스틀가 건에서 손을 뗀 것 같다고, 1층 홀에 내려온 알리시아에게 카슈반이 가르쳐주었다.

"자신은 전혀 모르는 일이라고 잡아뗄 생각이겠지. 엘릭스에게도 지금은 처분을 내릴 기색이 없어. 단, 바스틀가를 모시는 사람들이 다들 반대하는데도 당주가 된 엘릭스를 따랐던 것도 일단 오델 후작이라는 방패가 있었기 때문이다. 앞으로 어떻게 될지는 모르지."

"다행이네요."

엘릭스가 당분간은 무사할 모양이다. 그 점이 안심이 돼서 알리시아는 안도한 얼굴을 했다.

"묘할 정도로 시원스럽게 손을 뗐네요. 그러니 거꾸로 무서워요……."

노라가 방심할 수 없다고 말하고 싶은 표정을 지었다. 그 얼굴을 보고 카슈반은 견해를 늘어놓았다.

"내 암살에 성공했다면 몰라도 계획 자체가 붕괴한 것이나 마찬가지니까. 표면상으로는 오델 후작 이름은 나오지 않았으니, 만일 엘릭스가 뭐라 떠든다 해도 사람들은 코웃음만 치겠지. 항간에는 벼락출세한 바스틀가 당주가 집안에 관록을 붙이려고 한 번 놓쳤던 신부를 다시 납치했다, 는 소문이 도는 모양이더군. 참 빠르지."

사신 공주와의 연이라는 거겠지, 라며 카슈반은 짓궂게 웃었다. 아무래도 오델 후작은 죄를 전부 엘릭스에게 씌우려고 선수를 쳐서 정보 조작을 하는 모양이었다.

"어설프게 손대기보다는 차라리 당당하게 모르는 척을 하려고 그러겠지. 부아가 치밀지만 오델 후작에게는 그럴 만한 힘이 있어."

왕가와 재상 일족을 제외하고 가장 권력을 가졌다고 일컬어지는 지스칼드 오델이기에 취할 수 있는 태도기는 했다.

"혹은 손을 잡았던 것 같던 '날개의 기도' 교단이 뭔가 압력을 가했을지도 모르지. 그도 아니면 국왕 쪽인가…… 뭐, 아직은 몰라. 계속해서 조사를 부탁한다, 세이그람."

"알았습니다."

우아하게 인사를 한 자는 전말을 보고하러 온 세이그람이었다.

당연하게도 곁에는 티르나드가 있어서, "뭐냐, 세이그람에게만 의지하고"라고 재미없다는 듯이 고시랑거렸다. 바스틀 저택에 몰려갔을 때, 데리고 가지 않아서 아직도 원망하는 모양이었다.

"자자, 티르 도련님. 사람에게는 다 적성에 맞고 안 맞는 일이 있어. 우리 주변에는 의외로 제대로 된 귀족님이 안 계시니 도련님도 언젠가 무슨 일로든 도움이 될 날이 올지도 몰라."

당연한 듯이 티르나드에게 말을 걸어온 자는 어디에서 왔는지 모르게 모습이 나타난 루아크였다.

다친 다리는 이미 다 나았다. 움직임이 이전보다 훨씬 더 날렵해진 것 같기까지 했다.

노라가 또다시 비명을 질렀지만, 티르나드는 어떻게 겨우 비명을 삼켰다. 이것도 새 가정 교사가 예의범절을 가르친 결과이리라.

"……뭐, 뭐냐. 너한테 위로받을 정도로 타락하지 않았어! 두고 보라고. 그렇지, 세이그람."

결국 자신도 세이그람에게 의지하는 티르나드를 보고 루아크는 즐거운 소리를 내며 웃었다.

"아하하. 기대할게. 우리 아버지와 어머니에게 제대로 도움이 되어 달라고."

루아크는 주인 부부 외에는 이해할 수 없는 말을 입에 올리며, 한층 더 킥킥 웃었다. 그런 루아크를 보며 알리시아는 한 가지 사실을 떠올렸다.

"저기 노라. 루아크와 결혼하지 않을래요?"

"……예에?!"

이제는 알리시아의 언동에도 어느 정도 익숙해진 노라도 이 말에는 깜짝 놀랐다.

"저기, 루아크는 저랑 카슈반 님 아들이 됐어요. 가족의 연은 뭘 어떻게 해도 끊어지지 않잖아요. 노라가 절 싫어해도 전 노라

를 좋아하니까 노라와 계속 함께 있고 싶어요. 그러니까 루아크
와 결혼해서 우리 딸이 될래요?"

"……자, 자, 자, 잠깐만 기다려주세요!"

알리시아의 머릿속에서만 논리가 맞아떨어지는 제안을 들은
노라는 대혼란에 빠졌다. 이미 폭소하고 있는 루아크를 저도 모
르게 바라보고 나서 노라는 큰 목소리로 외쳤다.

"차라리 레이덴 백작님 쪽이 더 나아요!"

"뭐라!"

갑자기 이름을 불린 티르나드가 놀란 소리를 내더니 이어서
화악 얼굴을 붉혔다.

그 반응에 노라는 한층 더 난처한 사태를 초래했다는 사실을
깨달은 모양이었다. 조용히 채찍을 꺼내 드는 세이그람과 거리
를 벌리면서 변명을 늘어놓았다.

"뭐, 뭘 빨갛게 되시는데요. 착각하지 말아주세요! 암살자보
다 레이덴 지방 영주가 더 낫다는 말일 뿐이에요! 잠깐 세이그
람. 싫어요. 연약한 절 때릴 생각은…… 꺅!"

슥 거리를 좁혀온 세이그람이 손을 뻗어 노라의 손목을 붙잡
고 끌어당겼다.

채찍으로 얻어맞을 각오를 하던 노라의 귓가에 세이그람은 입
을 가까이 갖다 대고 속삭였다.

"나로 해줘. 노라."

"……예……?"

반사적으로 눈을 감았던 노라가 머뭇머뭇 눈을 뜨자 세이그람

은 태연하게 말을 이었다.

"이보다 더 티르나드 님 주변을 맴돌 거라면 내가 아내로 맞아주겠다고 말하는 거다."

무서울 정도로 자기 멋대로 대사를 토해낸 세이그람의 손가락이 노라의 턱을 가볍게 들어 올렸다.

황당한 상황에 노라는 경직되어 움직이지 못했다. 간발의 차이로 티르나드가 끼어들었다.

"바보, 세이그람. 그만둬."

티르나드가 꼬리처럼 뒤로 묶어 늘어뜨린 머리카락을 잡아당기는 바람에 세이그람의 허리가 가볍게 뒤로 젖혀졌다. 세이그람이 불쾌한 듯 주인을 가볍게 떨쳐냈다.

"왜 말리십니까, 티르나드 님. 설마 진짜로 이 암고양이를."

"아, 아니. 그건 아니지만 아무리 그래도 좀 그렇잖아!"

"아아 그래. 분명히 세이그람의 아내로는 좀 곤란하지."

거기서 카슈반이 참견했다.

"트레이스로 해줘라."

"……예?"

트레이스는 오늘도 카슈반의 곁에 조심스러운 태도로 서서 곤혹스러운 얼굴로 사태를 지켜보고 있었다. 자신에게 갑자기 불똥이 튀자 트레이스는 그대로 굳어버렸다.

"노라. 나는 특별히 널 싫어하는 건 아니야. 이 저택에서 일하는 하녀는 되도록 행복하게 지냈으면 좋겠다고 생각한다."

하녀였던 자신의 모친을 떠올린 모양이었다. 그렇게 말하는 카슈반의 어조에는 진심이 배어 나왔다.

"세이그람의 아내가 될 바에는 트레이스의 아내가 되는 편이 좋겠지. 서로 성격이나 생각도 잘 알고 있고."

"어머, 그렇다면 두 사람이 부부로 줄곧 이곳에 있어 주겠네요. 노라, 저는 그것도 좋아요."

어이없을 정도로 알리시아가 손쉽게 찬성했다. 그러나 노라도 트레이스도 도저히 수긍하지 못하는 것 같았다.

"저는 좋지 않아요!"

"제, 제 감정은 어떻게 됩니까?! 애당초 저는 성직자가 되려고 했던 때도 있었습니다······!"

보기 드물게 필사적으로 변한 트레이스 및 노라의 남편 후보들의 뜨거운 언쟁이 시작되었다.

"노라. 나는 발로이 님 이외라면 누구든지 OK예요."

어디서 솟았는지 슥 모습을 나타낸 레네가 한마디 했다. 하지만 남편 후보들 귀에는 들리지 않는 모양이었다.

"어머, 레네. 어서 와요. 오늘은 무슨 일이죠?"

갑작스럽게 레네가 등장했음에도 알리시아는 역시 생긋 웃을 뿐, 전혀 동요하지 않았다.

"우선은 보고합니다. 제다는 발로이 님 용병단에서 맞아들였습니다. 저라는 전례가 있었기 때문에 생각보다 반발이 적었던 모양입니다."

"다행이다. 나중에 루아크에게도 가르쳐줘야지."

"그리고 알리시아 님이 이전에 하셨던 약속을 지켜주셨으면

합니다."

"약속."

"이전에 말씀하시지 않았습니까. 강공작 각하와 엄청나게 러브러브하는 모습을 보여주시겠다고."

일동이 떠드는 소리에 묻힐 것 같은 두 사람의 대화를 스리슬쩍 귀를 쫑긋 세우고 듣고 있던 카슈반의 움직임이 멈추었다.

"어 그러니까, 그렇게 말했던가요? 하지만 그때는 루아크와 싸움을 그만두면 그래 주겠다고 했었죠. 하지만 레네는 그만두지 않았던 것 같은데요."

"안 될까요."

"으으응. 괜찮아요. 그게 루아크는 우리의 아들이니, 그렇다면 제다도 우리 아들이잖아요. 아들이 신세를 지니까 보답을 해야겠죠. 그렇죠? 카슈반 님."

"벌써 둘째가 생겼어……."

카슈반은 먼 산을 바라보며 중얼거렸다.

레네의 몸에 희미하게 남은 상처 자국은 루아크에게서 자신들을 도망치게 해주려고 생긴 것이다.

"……뭐, 그렇긴 하지. 레네에게는 신세를 지기도 했고."

정말로 어쩔 수 없다. 그런 얼굴로 카슈반은 알리시아에게 가까이 다가왔다.

알리시아는 부끄러워하는 일도 없이 느긋하게 미소를 띤 채 기다리고 있었다. 그 바로 앞에 선 카슈반은 무언가에 생각이

미쳐 제안했다.

"그렇지 알리시아. 때로는 네가 먼저 러브러브한 행동을 해 줘도 괜찮은데."

"네?"

알리시아는 그런 말을 들을 줄은 생각도 못 했던 모양이었다. 그런 알리시아를 내려다보며 카슈반은 짓궂은 미소를 띠었다.

"어머, 난처하네요……. 러브러브한 행동이라니 어떻게 하면 좋을까요……."

"뭐든 생각나는 게 있겠지? 예를 들면 이런 거."

슥 몸을 숙여서 카슈반이 얼굴을 가까이 댔다.

그것을 본 알리시아는 아아, 깨달은 표정을 짓고, 손을 뻗어 카슈반의 머리를 쓰다듬었다.

"이러면 되나요."

짧은 검은 흑발은 약간 뻣뻣했지만 만지는 느낌이 나쁘지는 않았다.

알리시아가 언제나 카슈반이 자신에게 했듯이 머리를 쓰다듬어주자, 카슈반은 보기 드물게 얼굴을 붉게 물들였다.

"……부모님조차도 한 적이 없는 행동을……."

그 광경을 눈치가 빠른 루아크가 발견할까 봐 두려워하며, 카슈반은 겨우 어떻게든 표정을 바로 했다. 그리고는 이거라고 중얼거리면서 가볍게 알리시아에게 키스를 했다.

그러기 무섭게 이번에는 알리시아가 빨갛게 됐다. 그 광경에 우위를 되찾은 카슈반은 히죽거리기 시작했다.

"자, 어때. 예시는 보여줬으니까 할 수 있겠지."

"어…… 어, 그게."

그 말을 들은 알리시아는 머뭇머뭇 카슈반의 얼굴을 양손을 감쌌다.

지금까지 몇 번이나 남편과 키스를 한 적이 있었다. 그렇지만 자신이 먼저 하려고 하자 묘하게 긴장이 되었다.

"……다시, 배가 아파져 오기, 시작했어요……."

절박한 빛을 띤 촉촉하게 젖은 푸른 눈동자를 카슈반의 검은 눈동자가 온화하게 바라보았다.

"……그런가. 그 통증은 싫은 느낌인가?"

"아뇨……. 괜찮습니다. 하지만 신기해요……. 배가 튼튼한 데에는 자신이 있는데, 카슈반 님은 어떻게 이렇게나 간단하게 제 배를 아프게 하실 수 있을까요……."

"……왜 그럴까. 자, 그보다 레네가 기다리고 있다고."

카슈반도 어정쩡한 자세로 서 있기 힘들어지기 시작한 듯했다. 바닥에 무릎을 대고 알리시아의 행위를 도와주었다.

"……응……, 이렇게……."

알리시아가 눈을 감으면서 촉 가벼운 소리를 냈다. 입맞춤을 한 곳은 카슈반의 코끝이었다.

"너 치고는 잘했을지도 모르겠다만 위치는 좀 더 아래다. 얼굴도 살짝 옆으로 기울이고……그래."

"……여기, 인가요……? ……꺄악!"

카슈반이 말하는 대로 여러모로 궤도를 수정한 알리시아의 입술은, 남편의 그것에 살짝 스치기가 무섭게 깜짝 놀라서 바로 떨어졌다.

"그렇게 닿을 둥 말 둥 해서는 키스를 했는지 어땠는지 알 수가 없잖아."

놀리는 듯한 말을 들어도 얼굴은 빨갛게 달아올랐다. 심장은 부서질 듯이 빠르게 뛰고 있었다.

그 어떤 공포 소설을 읽을 때보다 격렬한 변화가 마음과 몸에 일어났다. 알리시아는 저도 모르게 용서를 구했다.

"아, 아직…… 인가요……? 저…… 더는."

"안 돼. 장소는 그대로 됐으니까 좀 더 차분히…… 아야야, 뭐냐, 트레이스."

"뭐냐가 아닙니다!!"

얼굴을 빨갛게 물들인 트레이스가 카슈반의 팔을 잡고 알리시아에게서 떼어내며 절규했다. 덧붙여 그의 등 뒤에서는 세이그람에게 눈이 가려진 티르나드가 뭔가 아우성을 치고 있었다.

"훤한 대낮부터 이렇게 사람 눈이 많은 곳에서 뭘 하는 겁니까, 당신은!"

"그렇답니다. 그런 일은 우선 저에게 하셔야 한다고요!"

똑같이 얼굴을 빨갛게 물들인 노라가 알리시아를 끌어당겨 카슈반에게서 떼어냈다.

"어이쿠, 이런. 다들 눈치챘네. 생각보다 빨리 나도 형이 될 수 있는 건가 생각했는데."

천연덕스러운 얼굴로 시치미를 떼는 루아크는 이 방해꾼들 의식을 부부에게서 떼어놓는 임무를 멋대로 지고 있었던 모양이다.

"제가 부탁해서 러브러브한 행동을 하고 계셨습니다."

카슈반을 대신해 대답한 사람은 역시나 보기 드물게 얼굴을 살짝 발갛게 물들인 레네였다. 지금 와서야 그 존재를 눈치챘는지 노라가 한참 늦은 비명을 질렀다. 그런 노라를 무시하고 레네는 말했다.

"하지만 이것은 제게는 좀 이른 단계인 러브러브로군요. 키스만으로도 억지로 초야를 치르려 했던 때보다 더 달콤한 분위기를 만들어낼 수 있다니…… 과연 발로이 님 제자시군요."

아이고 맙소사라고 말하고 싶은 얼굴로 일어선 카슈반이 또다시 알리시아를 바라보았다. 자신을 바라보는 시선에 심장이 두근거렸다.

"네 눈은 신용할 수가 없다. 말도 무슨 소리를 하는지 이해할 수 없을 때가 있어. 하지만 배라면 신용할 수 있다."

카슈반이 알리시아에게 다가와 아내의 머리 위에 커다란 손을 얹었다.

"나만이, 네 배를 아프게 할 수 있다면…… 아직은 그 정도면 충분해. 사람들 앞에서 할 수 있는 러브러브 정도 말이다."

머릿결을 따라 부드럽게 미끄러지는 손가락이 기분 좋았다.

그런데 오직 상냥하기만 한 행동에 뭔가 부족함이 느껴지는 까닭은 왜일까.

"……카슈반 님, 저기…… 저, 러브러브, 좀, 더……."

작은 목소리로 부끄러워하며 말을 꺼낸 알리시아의 목소리를 가로막듯이 카슈반이 입을 열었다.

"초야를 치르고 난 후에 찾아올 일을 생각하지 못했다는 점도 깨달았으니 말이야. ─정말이지 남자는 이래서 안 된다니까."

메마른 목소리로 중얼거린 카슈반의 눈동자는 우선 루아크를 바라보았다. 그리고 저택 뒤쪽…… 부모님이 잠든, 폐허가 된 장미 정원으로 향했다.

작가 후기

두 번 일어난 일은 세 번도 일어난다. 라는 느낌으로 인사드립니다. 오노가미 메이야라고 합니다.

아무래도 시리즈가 되어버린 것 같은 이 '사신 공주'라는 이야기도 이번 작 '사신 공주의 재혼 — 배고픈 어릿광대와 장난감 군대'로 세 권째가 되었습니다. 응원해주신 여러분 덕분입니다. 감사합니다.

이번 작의 신 캐릭터는 겁쟁이 어릿광대와 소녀 용병과 루아크의 '형'입니다. 특별히 매회 세 명씩 내보내려는 생각은 없었습니다만, 어쩌다보니 그렇게 되고 말았습니다.

엘릭스는 쓸데없이 강한 사람들만 많은 이 이야기 속에서는 꽤 신선한, 약한 사람입니다. 그와 알리시아가 결혼했다면 '사신 공주'라는 이야기는 전혀 다른 것이 돼버렸겠죠.

레네는 강제적으로 주역 부부를 러브러브하게 만들어주는, 러브 코미디를 처음 써보는 작가에게는 매우 고마운 여자아이입니다. 좀 더 강해져서 발로이 아저씨를 쓰러뜨렸으면 좋겠습니다.

사이드는 뭐, 쓰레기입니다. 저는 조금만 방심하면 남자 캐릭

터를 쓰레기로 만들어버립니다만, 카슈반도 다른 방향으로는 구제 불능이죠.

　그렇다고는 해도 루아크가 '형'이라고 부르는 건 사이드와 카슈반뿐이므로, 카슈반도 그 점은 명심해둬야 할 겁니다.

　중요한 주역 부부의 사이는 진전한 것 같으면서도 후퇴한 것 같은 묘한 상황입니다. 지금까지도 제대로 초야를 치르지 못한 채, 자식만 생겼다는 구제 불능의 상황입니다. 노라의 상대 후보도 점점 범위를 넓혀가서 저도 이제 그녀가 누구와 맺어질지 알 수 없게 돼버렸습니다…….

　'수호석은 또 써먹을 거죠?', '좀 더 러브러브한 일을 시키는 게 좋을 것 같습니다.'라고 적절한 충고를 해주신 담당 기자인 미카지리 씨, 컬러 일러스트도 흑백 일러스트도 아름다운 키시다 메루 씨의 지원을 받아 4권을 향해 노력하겠습니다. 잘 부탁드립니다.

2008년 3월 오노가미 메이야

사신공주의 재혼 3

초판 1쇄 발행 2018년 9월 15일

저자 오노가미 메이야

발행인 원종우
발행처 이미지프레임

주소 (13814) 경기 과천시 뒷골1로 6, 3층
영업부 02-3667-2653 **편집부** 02-3667-2654 **팩스** 02-3667-2655
메일 alicenovel@imageframe.kr **웹** alicenovel.com

ISBN 979-11-6085-290-5 02830 (3권) 979-11-6085-287-5 02830 (세트)